ちくま学芸文庫

シュルレアリスムとは何か

巖谷國士

筑摩書房

目次

III　ユートピアとは何か……183

シュルレアリスムとは何か

超現実的講義

I シュルレアリスムとは何か

ジョルジョ・デ・キリコ　街路の憂愁と神秘
油彩　1912年

まず単刀直入に、「シュルレアリスムとは何か」というお話をしようと思っています。一般にシュルレアリスムについては、わかっているようでわからないという感じがあるらしいですね。それがわかるためには、出発点にもどらないといけない。出発点から順序だてて考えていけば、何かがつかめるのではないか。もちろんそのためには、事実をきちんとおさえておかないといけないでしょう。つまり、ぼくがこう思うとかいうんじゃなくて、これこれの歴史的事実があっただというお話をしてゆけば、多少ともわかりやすくなるんじゃないかと思います。

最初に、たぶんこういうことをしゃべるだろうという内容がだいたい予想できるので、いくつかポイントになる言葉を出しておきます。話を簡単にするために、人物はほぼアンドレ・ブルトン[*1]とマックス・エルンスト[*2]にしぼることにしましょう。つまり、文学と美術が中心です。ほかに映画の話か何かになればまた別の人物も登場するはずですが、まあとにかく、芸術の諸領域にわたる「シュルレアリスム」という言葉そのものについてまず説明しましょう。

あと、必要な術語としては、「自動記述」というのが出てきます。また後半になって、「オブジェ」とか「コラージュ」とか「デペイズマン」とかいう概念も問題になるはずです。それから「一九一九年」「一九二四年」「一九二九年」といった年号も重要です。さらに「ワンダーランド」「フェアリーランド」というのも出そうかなと思います。「ワンダー(wonder)」はフランス語の「メルヴェイユ(merveille)」つまり「驚異」や「不思議」に近い言葉です。

ざっとそこまでお話ししていって、もし時間がなくならなければ、一九三〇年代から第二次大戦にかけての動向、大戦後のシュルレアリスム、それから諸外国の、とくに日本のシュルレアリスムというところまで行けるかもしれません。

*1 アンドレ・ブルトン(一八九六～一九六六)はノルマンディーに生まれ、ブルターニュで育つ。パリでシュルレアリスム運動の中心人物となり、のちにヨーロッパ各地、カナリア諸島やメキシコなどを訪問、第二次大戦中はニューヨークへ亡命、またパリにもどる。この思想を体現する詩人、作家であり、運動の指導者でもありつづけた。→図一一ページ。

*2 マックス・エルンスト(一八九一～一九七六)はドイツのケルンに近いブリュールで生まれ、のちにパリへ出る。絵画のシュルレアリスムを代表する画家。第二次大戦中にアメリカへ、晩年はフランスですごす。その変幻自在の活動はさまざまな方法の開拓におよんだ。六八ページ以下を参照。→図一一ページ、八一ページ。

シュルレアリスムという言葉

さて、シュルレアリスム[*3]という言葉はずいぶん広く使われていますけれども、いまの日本の国語辞典には載っていないこともあるんですね。ぼくはよくこのことをいうんですが、国語辞典の定義はまあそんなにまちがっているわけじゃないと思われていますし、いま日本で使われている意味がどういうものかということを書いてあるはずですが、小さな辞典だと、「シュルレアリスム」を引いても出ていなかったりする。何が出ているかというと、たとえば三省堂の『新明解国語辞典』では、「シュール」です（笑）。

つまり日本では、「シュルレアリスム」という言葉よりも「シュール」という言葉のほうが広く使われているということでしょうか。国語辞典に載る言葉が使用頻度できまるのだとすればですが。それで、その「シュール」を引きますと、だいたい日本でシュルレアリスムをどのように理解している

＊3　造語としてのシュルレアリスム（surréalisme）は、もともとギヨーム・アポリネールが思いついたもの。それをのちにアンドレ・ブルトンらが借用し、新しい意味で使うようになった。ブルトンの起草した『シュルレアリスム宣言』（一九二四年）によってこの言葉は定着し、二十世紀最大の芸術運動の名称となる。その意味内容についてはこの講演自体の語るところ。

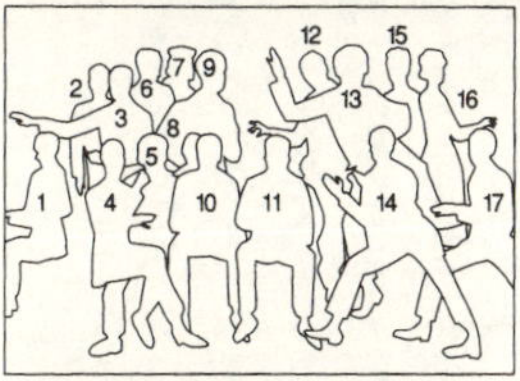

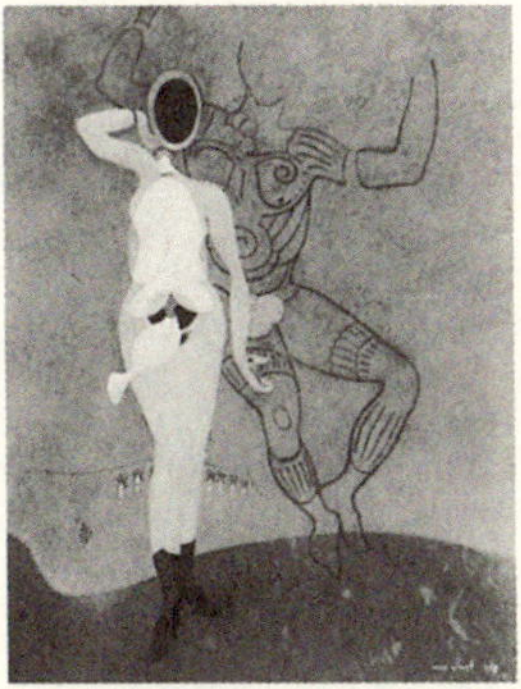

マックス・エルンスト

▲友人たちのつどうところ

油彩・1922年／1. ルネ・クルヴェル　2. フィリップ・スーポー　3. ジャン(ハンス)・アルプ　4. マックス・エルンスト　5. マックス・モリーズ　6. フョードル・ドストエーフスキー　7. ラファエッロ・サンツィオ　8. テオドール・フランケル　9. ポール・エリュアール　10. ジャン・ポーラン　11. バンジャマン・ペレ　12. ルイ・アラゴン　13. アンドレ・ブルトン　14. ヨハンネス・バールゲルト　15. ジョルジョ・デ・キリコ　16. ガラ・エリュアール　17. ロベール・デスノス／『シュルレアリスム宣言』起草の2年前にエルンストの描いたグループのありさま。ドストエーフスキーやラファエッロがまじっているのも興味ぶかい。

▼美しき庭師の帰還　油彩・1967年

かがうすうすわかります。

その『新明解国語辞典』の説明をちょっとメモしておいたんですけれども、じつはここに書いてあることは、シュルレアリスムの定義としてはまちがっているんです。つまり、「シュール」とは「シュールレアリスム」の略で、「写実的な表現を否定し、作者の主観による自由な表象を超現実的に描こうとする芸術上の方針。超現実主義」なんて書いてありますが、これでは困ります。ただ、日本のいわゆる「シュール」なるものを定義していった場合、たぶんこの意味内容はあまり抵抗のないものかもしれない。事実、「シュール」という言葉はずいぶんよく使われていますね。たとえばテレビのコマーシャルで、なんとかかんとかのシュールな世界……なんていうコピーがあったりして、日常的に使われるようになっている。つまり日本では、この国語辞典にあるような意味で「シュール」という言葉が使われていて、そのかぎりにおいては了解がなりたっているといえなくもないんだけれども、じつは、これは本来のシュルレアリスムとは、まったく正反対の意味内容なんですね。

　で、まちがいは二つあります。まず「写実的な表現を否定し」という説明です。「写実的な表現」というのはいわゆるレアリスム、リアリズムのことで、絵画であれば、林檎なら林檎をそれらしく再現するというのが写実的なんでしょうけれども、それを否定する芸術上の方針だと国語辞典に書いてある。でも、そんなことをいったら、たとえばダリ*4の絵なんかはどうなるかということになります。ダリの絵は明らかに写実的ですね。たとえばパンならパンを、まさに二十世紀でもっとも写実的に描いています。マグリット*5の林檎だって写実的といえば写実的でしょう。ですから、この定義はまちがっています。

　もうひとつは、「作者の主観による自由な表象を描く」の「主観による」といっているところです。「主観」はフランス語では「シュジェ（sujet＝主体）」から派生する「シュブジェクティフ（subjectif）」にあたる概念でしょうけれども、実際には、シュルレアリスムというのは、「オブジェ（objet＝

*4　サルバドール・ダリ（一九〇四〜八九）はスペインのカタルーニャに生まれた画家。シュルレアリスムの影響をうけ、一九二九年に参加。一時は花形的存在になるが、ファシズム指向、伝統回帰、拝金主義などのために除名される。その自称シュルレアリスムはブルトンのものとは別物だが、とくにアメリカでは人気を博し、国際的影響力をもった。→図一五ページ。

*5　ルネ・マグリット（一八九八〜一九六七）はベルギーの画家、シュルレアリスト。事物をそのまま表示し、デペイズマン（後述）を多用する画法で、エルンストやタンギーとともに、具象的シュルレアリスムの一方の代表者となる。デザインや広告の領域におよぼした影響もきわめて大きい。本文八八ページを参照。→図一五、二二三ページ。

客体)」「オブジェクティフ(objectif＝客観)」のほうを表《おもて》に出した思想なんです。主観的な幻想というのは、もちろん近代以後の芸術上の一方向としてあったけれども、むしろその主観というものをできるだけ排して、客観にいたろうとしたのがシュルレアリスムなわけですから、この辞典の定義はまるで反対になってしまっている。ということは、日本で一般に使われている「シュール」なるものは、どうもシュルレアリスムとは別物らしいということですね。

そうするといよいよ、本当のシュルレアリスムとは何かということになるわけですが、こういう誤解の原因からはじめて、事実をすこしずつお話ししていきましょう。まず、「シュルレアリスム」という言葉を「シュール」にしちゃったのはどうしてかというと、切って延ばしていいやすくしたいからなんですね(笑)。そういう傾向が日本にはあります。「レアリスム」はたしかに「写実主義」あるいは「現実主義」ですが、それに「シュール」をくっつけて、この接頭語が「超える」とか「離れる」という意味に使われていると見たいわ

[6] オブジェとは、物、物体、客体、対象の意。目的や用途をもって見られたモノではなく、ただの「物」をあらわす。そういうただの「物」を発見し露呈させることがシュルレアリスムの一方法である。

▲サルバドール・ダリ
パン籠

油彩・1926年／ダリがシュルレアリスムのグループに加わるすこし前に描いた作品。彼は1945年になってからもういちどパン籠を描くことになる。13ページ参照。

▼ルネ・マグリット
傍聴室

油彩・1953年
13, 88ページ参照。

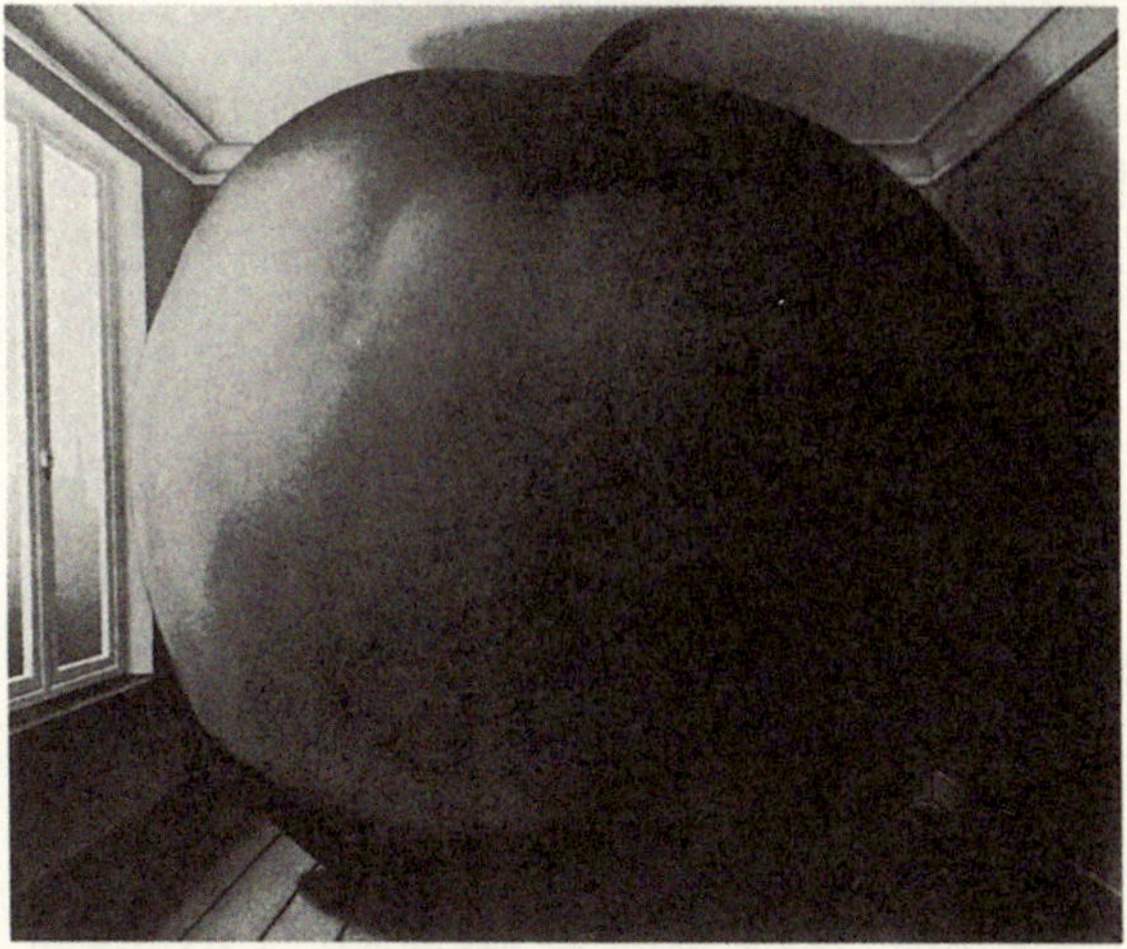

けでしょう。事実、日本では「シュール・レアリスム」なんて書く人がまだ多いですね。もっとひどいのは「シュール・レアリズム」なんてやっている。ときどき美術書で『シュールレアリズム』なんていう題名のものが出ていますけれども、つまりこれは、「レア……」とフランス語でやったあとで、「……リズム」というふうに、途中から英語にしてしまっている（笑）。そんな言葉はフランス語にも英語にもない。まあ、この場合は真ん中に「・」（ナカグロ）がないから、まだいいほうかもしれませんが。それと、もちろん日本語としては、「超現実主義」といういいかたも生きています。

　だいたいこれぐらいの複数の表記が派生していて、「シュール」はそっちのほうから来ています。というのは、「レアリスムを超えたもの」「レアリスムを離れたもの」というふうに理解されている。「レアリスム」「リアリズム」は美術にも文学にもありますが、現実とみなされているものをありのままに描くやりかただという一般的な理解があるとすれば、それに「シュール」をくっつけると、現実を超えちゃって、現実ではない別の世界にいたることになります。そこでそれは現実ばなれのした、現実にはありえない主観的な幻想世界であり、それを描くのが「シュール」であるということになるわけです。

どうもそこらへんが出発点から誤解されているらしい。つまり、ここに現実を描く「レアリスム」があって、それとはまったく別個に現実ではないもの、非現実的なものを描く「シュール・レアリスム」があるというふうに思いこまれているから、一般に「シュールだねえ」なんていうとき、たいていの場合は現実ばなれしたものについていわれている。ところが、言葉の本来のつくられかたからして、じつはそれはまちがっている。

シュルレアリスムはもともと、「シュル」で切られることのない言葉でした。いまだかつてシュルレアリスムの当事者が、そのように言葉を途中で切ったことはありません。あいだにハイフンを入れたこともない。いつでも「シュルレアリスム（surréalisme）」という表記で書いてきた。というのは、これは「レアリスム」に対する「シュール」ではなくて、むしろ「シュルレエル」というもののほうが主眼だということです。「シュルレエル（surréel）」は日本語に訳すと「超現実」になりますけれども、この超現実に拠《よ》ってたつ物の考えかた、あるいはその実践こそがシュルレアリスムなんです。だから、途中で切るとすれば「シュルレエル」と「イスム」で切るべきなんだけれども、どういうわけか日本では「シュル」と「レアリスム」で切られてしまう。

どうやらこれは日本だけの現象です。ヨーロッパやアメリカ大陸をはじめ、ぼくは世界中を歩きまわって、シュルレアリスムを目にするたびに確認していますけれども、「シュール」が独り歩きしているのは日本だけです。日本とは外来語についてそういう奇妙なずらしかたをする国で、そんな日本とは何なのか、ということを考えてもおもしろいくらいです（笑）。ともかく本来は、「シュール」で切られては困るものなんです。

「超現実」とは何か

では「シュルレエル」は何かというと、「シュル」という接頭語にまずポイントがあります。フランス語の「シュル(sur)」を日本語で「超」と訳してしまうと、まず「超える」「超脱する」というニュアンスになりがちですが、かならずしもそういう意味とはかぎりません。「シュル」という接頭語にはいろいろなニュアンスがありますが、何かを超えて離れるという意味とはすこしちがって、たとえば「過剰」とか「強度」を意味する場合もある。ですから「超現実」[*7]は現実を超越・超脱するだけではなくて、むしろ現実の度合が強いという意味をふくんでいます。「強度の現実」とか「上位の現実」とか「現実以上の現実」と考えてもいいくらいです。もともと日本語の「超」にも、おなじようなニュアンスがあることを思いだしてみてもいいでしょう。

むかし瀧口修造[*8]が書いていたことですけれども、「超現実主義」の「超」は、たとえば「超スピード」に近いんじゃな

＊7　超現実（surréel）は「超現実的なもの」とも訳せる。他に surréalité という用語もあり、それについてブルトンはこう述べる。「絶対的現実、いってよければ一種の超現実」（『シュルレアリスム宣言』）。

＊8　瀧口修造（一九〇三〜七九）は詩人、画家、美術批評家。一九二〇年代末から日本にシュルレアリスムを紹介しただけでなく、ほぼ一貫して独自の超現実主義を体現。晩年の自動デッサンやデカルコマニーの試みにいたるまで、その作品と生涯は国際的視野のなかに位置づけられうる。『コレクション瀧口修造』（みすず書房刊）。

いかというんです。「超スピード」はスピードがないということではなく、猛烈に速い、スピードが過剰にあるということです。アルフレッド・ジャリ[*9]の小説に出てくる「超男性」なんかもそれかもしれません。人間とちがうものという意味じゃない使いかたでしょう。猛烈に男性的な男性こそが「超男性」であるということ。最近の少女言葉で「超カワイイ」なんていうのも、すごくカワイイという意味ですね。むしろそのほうが正しい(笑)。だから、「シュール」という言葉につきまとう、現実を超えて、どこか現実から離れた別の世界へ行ってしまい、その別の世界はなにか夢みたいなもの、ユートピアみたいなものであって、そこで勝手に遊ぶ、というような従来のとらえかたをすると、シュルレアリスムはわからなくなってしまいます。

さっきの国語辞典の「主観による自由な表象を描く芸術上の方針」の「主観」という言葉が入ってくるのも、おなじような誤解からでしょう。つまり、現実を超えてしまって、現実を離れたところに逃避しちゃって、そこで自分だけのとざ

＊9　アルフレッド・ジャリ（一八七三〜一九〇七）はシュルレアリスムの先駆者のひとりとされる詩人、作家。ピストルと自転車とアブサント酒と黒いユーモアを愛し、極端な反俗的生涯をおくる。『超男性』（邦訳は白水Uブックス）は一九〇二年の作。

された「主観」にもとづく個人的な幻想世界を描くのが「シュール」なんだと、日本ではとかく思われがちです。ところが、シュルレアリスムはむしろそういう主観中心の考えかたを否定した運動であって、その拠ってたつところは一種の客観主義なんです。

言葉をこういうふうにすこし細かく考えたうえで、いったんまとめてみますと、シュルレアリスムはレアリスムを超えるという態度とはちがうもので、むしろ「シュルレエル」の「イスム」であり、「シュルレエル」にいたろうとする運動であるということ。じゃあ「シュルレエル」とは何なのかといえば、これは一応「超現実」という言葉に訳してもいいんですけれども、とにかく現実というものが世の中にあるとして、それとはまったくちがう別の世界のことを「超現実」と呼んでいるわけではありません。そうじゃないんです。むしろ現実のなかにあるもの。「超現実」はまさに現実に内在しているということですね。

ところで、われわれが「現実」といっているものが本当の現実なのかどうか、という問題が一方にあります。われわれが「現実」といっているものは、だいたいは現実だと思いこまされているものばかりですね。「現実」という言葉をわれわれは日常的に使うことはできるけれども、その「現実」は決定的なもの、自明のものではないはずです。もともとは謎をはらむ、つかみどころのない時間空間のなかに、現実と称するものを惰性的に見つけ、それでなんとか「現実生活」をやりくりしているのが現代人でしょう。ところがそれは主観的な約束事であって、客観的な、オブジェクティフな、つまりオブジェの現実ではない。そんな日常の約束事とつきあっているうちに、なにかフワッと、見たことのない、未知の驚きをよびおこす現実があらわれたというようなときに、それを「超現実」と呼ぶべきではないのか。

ある意味では、現実と「超現実」とはつながっていると考えたほうがいいんですね。つまり、度合のちがいなんじゃないか。たとえば「超スピード」といった場合に、これは猛烈に速いスピードであるわけで、普通のスピードとのあいだには、段階の差しかありません。それとおなじように、われわれが「現実」だと思いこまされているものと「超現実」とのあいだには、度合や段階の差しかなくて、壁だとか柵だとかはない。ある柵をこえてしまったら、その先が「超現実」と呼ばれる別世界だということではない。連続している。できればあとで説明しますが、この連続性ということをひとつ頭に入れておくと、話がずっとわかりやすくなってくるように思います。

ワンダーランドと超現実、そして町

たとえば、夢みたいな別世界があるとよくいわれていますし、どんな時代にも人間は、そういう別世界を心のなかにいだいてきたわけです。それを仮に「ワンダーランド」と呼んでもいいでしょう。アリスの「ワンダーランド」なら、「不思議の国」ですね。「フェアリーランド（妖精世界）」でもいい。あるいは、日本でよく使われている言葉としては「幻想の領域」みたいなのがある。「シュルレアリスム」は「幻想の領域」を描いたものである、といえばなんとなく格好はつくようですけれども、これではちょっとニュアンスがちがってしまう。

もちろん、「ワンダーランド」は人間にとって必然的なものだったと思います。はるか昔からそういう領域はあって、人間はAの世界に生きていなければならないとすると、Bの世界をいつも想像してくらしてきたわけです。このBの世界を仮に「ワンダーランド」「不思議の国」と呼んでおくとして、われわれの意識なり生活なりは、どこかでそんな国と接しています。キャロル[*10]の『不思議の国のアリス』の場合だったら、ウサギの穴に落ちて……というふうに、AからBへ行くときの入口があるわけです。だいたいファンタジーの世界はそういうもので、どこかの境界をこえてゆくんです。ほかのファンタジー、たとえばルイス[*11]の『ナルニア国ものがたり』だったら、たんすの奥に入口があって、別の世界へ行けますね。これは何でもいいけれども、とにかくどこかに入口

*10 ルイス・キャロル（一八三二〜九八）はイギリスの数学者、童話作家。少女たちを愛してその写真をとるなど、特異な独身者の生涯をおくる。『不思議の国のアリス』『鏡の国のアリス』『スナーク狩り』等はシュルレアリスムの先駆と見られる。なお「ワンダーランド」については「メルヘンとは何か」の章を参照。

*11 C・S・ルイス（一八九八

があって、別の世界へ行くと、そこに「ワンダーランド」がひらけているという感覚ははるか昔からのもので、じつはいまでも、われわれはそんなかたちでBの世界と交流しているわけです。

　ところがシュルレアリスムの考えかたからすると、ちょっとちがってきます。Bはぜんぜん別の世界じゃなくて、むしろA′みたいなものになります。AとA′は連続していて、あいだに壁などはない。だから、いわゆる現実の世界から「超現実」の世界へ行くというときには、たとえば眠りについてから夢という別世界に跳躍するといったシナリオはなくて、まさに昼ひなか、白日のもとで、われわれはそのまま現実から「超現実」に入ることがある、というふうになります。ホメーロス[*12]のいう「角《つの》の門」とか「象牙の門」のような入口がないわけですね。

　あるいは、夜の夢そのものも、昼の現実と連続しており、両者のあいだには程度の差しかないのではないか、という話になる。というのは、「超現実」とは、われわれが現実だと

〜一九六三）はイギリスの文学者、作家。少年少女むけの大作『ナルニア国ものがたり』シリーズ（邦訳、岩波書店刊）は現代ファンタジー小説の代表的作品。

＊12　ホメーロスは紀元前八〇〇年ごろのギリシア世界にいたと考えられる大詩人。『イーリアス』『オデュッセイア』の作者。「角の門」「象牙の門」は『オデュッセイア』に出てくる言葉で、前者は実現される正夢の入口を、後者は現実とはちがう逆夢の入口を意味する。

仮に思っていたもののなかから露呈してくるものなんで、夢もまたそういう性格をもっているのかもしれない。これがシュルレアリスムの、「超現実」についての考えかたです。

そういうことを具体的に表現したものはいろいろありますから、何かひとつ思いうかべてみるといいんですけれども、たとえば、アンドレ・ブルトンの『ナジャ』[*13]という本には、現実に内在する「超現実」のふいに露呈する場面がさまざまに記述されています。一見ちょっと不思議で、信じられないようなことがつづいておこるんですが、あれはあくまでも「現実」の記録であり、一種の日記なんです。ブルトンは一応、その日におこったことを、何月何日と明記したうえで、具体的な場所と時間のなかに置いて書きつづっています。一応という留保はつけられますけれども、現実は現実です。ところが、そのいわゆる現実のなかから、何か不思議なものがフッとのぞく。いってみれば「超現実」の予兆みたいなもので、それはトンネルなどをくぐっていったら「超現実」の別世界、「ワンダーランド」があったというんじゃない。むし

＊13 『ナジャ』（一九二八年、改訂版一九六三年）はアンドレ・ブルトンのもっとも有名な書物のひとつ。現実のパリで出会った女ナジャとのつきあいの報告を通じていわば「超現実」を体現する。邦訳は白水Uブックス。「著者による全面改訂版」決版訳が岩波文庫より近刊予定。↓図三一、五三ページ。

ろ、まさしく現実のパリのなかに、本物の「ワンダーランド」が内在しているということです。

そんなことが日常的によくあるのかというと、あるんです(笑)。ぼくは子どものころからわりあいとそういうことを感じていたから、シュルレアリスムに興味をもって、シュルレアリスムをやるようになったという気もしていますが、それはまあどうでもいいでしょう。たとえば、いつも見なれたおなじ町を歩いていて、ふだんは気がついていないんだけれども、あるときその町がちがうふうに見えてくる、なんていうことはよくあります。それも、ときには科学的に説明できる出来事かもしれない。たとえば、晴れた夏の夕方なんかに町が青く見えてくるというプルキニェ現象[*14]のことを、ぼくは『都市の魔法』という本に書きましたが、ああいうときにフッと思いがけない光景が目にとまったりする。あるいは、道ばたをふと見ると石がおちていて、それが不思議な形をしていて、思わず拾ってみたくなる。鳥なら鳥の形をした石があって、つぎの瞬間にまた別の出来事がおこり、そこへ鳥が飛

*14　チェコの生理学者プルキニェの発見したもので、夕刻、青色がくっきりと見える視覚の現象をいう。『都市の魔法』は人文書院刊。

んできて何か奇妙な動きをするとか、そんなようなことは案外よくあるんじゃないか。

そこらへんから「超現実」を出発させたっていいわけです。わりあい日常的にそういう感覚があって、それが「超現実」だとひとことでいってしまえるようなことではないにせよ、そこに何か「ワンダーランド」の予感が芽ばえてきたりもする。だれもが感じていることのような気がしますが、まずそういうことを頭に置いておくと、「超現実」がわかりやすくなってくるでしょう。つまり「シュルレエル」、これは「レエル（現実）」とのあいだに裂け目がなくて、ハイフンや「・」の入っていないものですから、現実を離れちゃうこととはちがうわけです。

たまたまいま、町を歩いていてという話をしましたが、シュルレアリスムは少なくともはじめは都市で生まれたものだから、「超現実」は町というものの不思議な性質と関係してくるわけで、ぼくの『ヨーロッパの不思議な町』[*15]とか『アジアの不思議な町』とかいう本の系列、あれもそのへんに関連

＊15　『ヨーロッパの不思議な町』（筑摩書房刊、ちくま文庫）、『アジアの不思議な町』（同）、『フランス

しているんですが、まあ町といっても、最初はとくにパリですね。パリがまさに、現実のただなかに「超現実」をめざめさせるような様相を呈していたという二十世紀はじめの現実から、この運動がおこってきたということもあります。

もちろんパリにかぎらず、都市らしい都市ならそういう性質をそなえていると考えてもいいかもしれないんで、逆にそういう性質をもっていなければ、その都市のほうを疑ってみてもいいくらいですね（笑）。つまり、都市を歩いていて、それが別のものに変貌するという感覚をもてるような空間を人々はつくっているはずで、とくに近代、おそくとも二十世紀に入ってから、都市がそういう不思議を呈しはじめる。ブルトンの『ナジャ』やアラゴン[*16]の『パリの農夫』に魅きつけられて、ヴァルター・ベンヤミン[*17]なんかもくりかえし述べているように、それとシュルレアリスムは明らかにつながっている。そのことについても、ひとつの要点としてちょっといっておきます。

もうひとつ、「超現実」が現実のなかに内在していて、と

の不思議な町』（筑摩書房刊）、『地中海の不思議な島』（同）、『ヨーロッパ　夢の町を歩く』（筑摩書房刊、中公文庫）、『日本の不思議な宿』（平凡社刊、中公文庫）『オリエント夢幻紀行』（河出書房新社刊、ふくろうの本）などがこの系列に入る。

＊16　ルイ・アラゴン（一八九七〜一九八二）は初期シュルレアリスムの代表者のひとり。ゆたかな言語的才能にめぐまれ、多くの詩、小説を書く。一九三〇年にソヴィエトへ行って共産党への忠誠を誓い、シュルレアリスムを離れる。『パリの農夫』は一九二八年の作。邦訳、思潮社刊。

＊17　ヴァルター・ベンヤミン（一八九二〜一九四〇）はドイツ生まれのユダヤ人思想家、断章作家。マルクス主義とシュルレアリスムに関心をもち、近代のパリに焦点をあてた独創的な都市論を展開する。シュルレアリスムについての論考も多い。主著のひとつに『パッサージュ論』（邦訳、岩波書店刊）。

きによって露呈し、ある場合には現実が「超現実」になってしまうという点。「超現実」は強度の現実なんで、われわれが現実だと思いこまされているような、少なくとも世間一般で信じられているような法則とか制約とかのシステムに左右されない、なにか裸のオブジェ（客体、対象）の関係みたいなものをあらわにしてくる。それが「超現実」であるとすると、なんでそんなことをわざわざ考えるようになったのか。つまり、シュルレアリスムという思想の発生に立ちもどる必要が出てくる。

じつはここからやっと本題に入るんですが、これがまたおもしろい話なんです。

「自動記述」のはじまり

「自動記述」、オートマティックな文章体験というものがあります。この現象にアンドレ・ブルトンがはじめてかかわったのは一九一九年のことですが、それはどういう年だったか

ジョルジョ・デ・キリコ
宿命の謎／不安な旅
油彩・1914年／「ナジャ」にも挿入されたこの作品には、「自動記述」における「手」の役割を思いおこさせるところがある。

ということ、第一次世界大戦が前の年におわっています。第一次世界大戦というのは一九一四年から一九一八年にかけての出来事で、人類がそれまでに体験してきた戦争とはまったくレヴェルのちがう大量殺戮をくりひろげました。この大戦によって二十世紀の物の考えかたは一変し、それまでのさまざまな常識は通用しなくなってしまう。二十世紀は第一次世界大戦をへて、とんでもない、どうしようもない現代という時代に入ってしまうわけですけれども、その戦争がおわったすぐあとの話です。

アンドレ・ブルトンがそのころのある夜、眠りにつく前に体験したことを、その後、一九二四年の『シュルレアリスム宣言』[*18]のなかで書いています。いまここに文庫版をもっていますから、ちょっとそのくだりを読んでみましょうか。これは知っている人は知っていることでしょうから、どんなふうに書かれているか、ちょっと確認しておくためです。

すなわちある晩のこと、眠りにつくまえに、私は、一語

*18　正確には『シュルレアリスム宣言・溶ける魚』。すなわち自動記述による物語集「溶ける魚」が後半部を占めている本で、はじめは「宣言」のほうがその序文として構想されていた。邦訳、岩波文庫。

として置きかえることができないほどはっきりと発音され、しかしなおあらゆる音声から切りはなされた、ひとつのかなり奇妙な文句を感じとったのである。その文句は、意識の認めるかぎりそのころ私のかかわりあっていたもろもろの出来事の痕跡をとどめることなく到来したもので、しつこく思われた文句、あえていえば、窓ガラスをたたくような文句であった。私はいそいでその概念をとらえ、先へすすもうという気になっていたとき、それの有機的な性格にひきつけられたのだった。じっさいこの文句にはおどろかされた。あいにくこんにちまで憶えてはいないけれども、なにか、「窓でふたつに切られた男がいる」といったような文句だった。それにしても、曖昧さによってそこなわれるようなものではありえず、なぜなら、それにともなって、体の軸と直角にまじわる窓によってなかほどの高さのところを筒切りにされて歩くひとりの男の、ぼんやりした視覚表現があらわれたからである。(『シュルレアリスム宣言・溶ける魚』、岩波文庫版、三七ページ以下)

つまり、眠りにつく前、眠っているんだか醒《さ》めているんだかわからないような半睡状態のあいだに、ある言葉がきこえてきたわけです。きこえてきたというのか、どこかからうかびあがってきたんです。「窓でふたつに切られた男がいる」という言葉が、まるで窓ガラスをコツコツとたたくようにして感じとられた。それにともなって、そのありさまをあらわしているらしい視覚像、イメージがうかんだ。たとえば、ぼくが窓にのりだしたとして、その窓がぼくの胴をまっぷたつに切ってしまったような格好で、しかもその窓をくっつけたままぼくが歩いている、そういうイメージが客観化されて見えたというんです。

半睡状態ということがまず重要ですけれども、眠っているわけでも醒めているわけでもない、つまり、睡眠と覚醒との曖昧な境目です。われわれは起きているときと眠っているときをはっきり区別してしまいがちですが、かならずしもそうじゃないんですね。さっき連続性ということをいいましたが、起きているときと眠っているときというのもやっぱり連続しているわけで、はっきりした境目が科学的には仮に定められているかもしれないけれども、体験的にはこれは曖昧で、なかなか区別できるようなものではない。だから、起きているのと眠っているのとの中間ぐらいのところで、ある言葉が生まれたと。そこで生まれてくるもののおもしろさ・不思議さ、まさにそれが、のちに「超現実」と呼ばれる何かをブルトンに喚起したわけで、実際にその種の言葉をとらえて書くことはできないものだろうか、というところからはじまったのが「自動記述」でした。

「エクリチュール・オートマティック」すなわち「自動記述[*19]」というのは、心理学では「自動書記」と訳されることもありますけれども、要するに、書く内容をあらかじめ何も用意しないでおいて、かなりのスピードでどんどん物を書いてゆく実験のことです。精神医学の治療に使われることもありますが、あらかじめ書く内容を用意していないということと、ただ筆のすべるにまかせて速く書いてゆくということが重要です。

＊19　「自動記述」の原語は écriture automatique であり、オートマティックな書きかた、意識的・意図的でない筆記法を意味する。心理学・精神医学上の用語にはすでに「自動書記」があり、第一次大戦中、精神科医の卵として従軍していたブルトンはそれを知っていた。だが、シュルレアリスムの「自動記述」はそれとはまた別のものである。

ブルトンがその実験をはじめたのは一九一九年のことでした。

そのころブルトンはいろいろなことで行きづまっていました。未曾有《みぞう》の戦争を体験して、社会のなかではそれまでの価値観が崩れさっていたような状況でしたし、個人的には、ジャック・ヴァシエ[*20]という何ものも生みださないまま異様な魅力をふりまいている人物との出会いがあり、しかもその人物が自殺とも思える死をとげて、いわば自分の分身を失ってしまったかのようで、ブルトン自身も死について考えていた時期でした。それともうひとつ、物を書くことへの疑いというのが強くあった。

もちろん、職業として物を書いてゆくことを一度は考えていたかもしれないし、戦争前には、書くことは彼にとって重要でした。精神医学のドクターになる教育をうけていて、実際に戦争中に軍医補になるコースをとらされた人ですけれども、その前にポール・ヴァレリー[*21]とかギヨーム・アポリネール[*22]といった、ずっと年長のすぐれた詩人たちとのつきあいがあったりして、将来を嘱望されていました。そんなわけで、

＊20　ジャック・ヴァシェ（一八九六〜一九一九）はブルトンの友人で、大戦中のナントに出現して以来、その虚無的な生きかたが後者に影響をあたえた。何ものも生みださないダンディーを自称し、阿片によって変死。『戦時の手紙』のほか二、三の作品断片がのこっている。

＊21　ポール・ヴァレリー（一八七一〜一九四五）はフランスの詩人、批評家。象徴派から出発し、二十世紀前半にはヨーロッパ的知性の代表

二十三歳のブルトンは当時、もう詩人としてデビューしていたんです。象徴派の流れの難解な詩派の雑誌に作品を発表したりしていたわけですが、一九一九年にはそういうことがすべて疑わしくなってしまった。いったい物を書くとは何か。それを考えたら先へ進めない。そんなわけで一時、書くことができなくなってしまっていた。

そういう状態だったからこそ、こんな実験がはじまったのだともいえます。「自動記述」というと、オートマティック（自動的）という言葉から、人間がオートメーション機械みたいになることを想像したりしますけれど、そもそも記述＝エクリチュールという言葉が重要なんで、これはまず「書くこと」を根本的に問う体験ですね。物を書くとは何かという一九一九年の問いかけにはじまる一か八《ばち》かの実験です。

もっともこの実験については、なぜこういうことがそんなに大事なのかと、ぼくもはじめはちょっと疑っていたところがあります。けれども、その後それが実際にはどのようにおこなわれたかという事実がだんだん明らかになってきて、そ

と目されもした。ブルトンははじめ彼に高く評価され、手紙のやりとりをしていたが、のちにその伝統主義に飽きたらなくなり、関係を断つ。

＊22　ギヨーム・アポリネール（一八八〇～一九一八）はフランスの詩人。第一次大戦までの前衛的な文学と芸術の推進者で、若い詩人たちや画家たちに大きな影響をおよぼす。早くからブルトンらとつきあいがあり、「シュルレアリスム」という言葉の発案者でもあったが、のちに批判の対象ともされた。

の過程をふりかえってみると、やっぱりこれは肝心なことなんだなと思いました。

書くスピードの実験

どういうことかというと、ブルトンは「自動記述」をやっているあいだ、ノートをひろげて、何も予定しないで、ただただ書いていったわけです。それがしだいに超スピードになってゆく。そのくりかえしをほとんど毎日のようにやる。しかも、ここもひとつのポイントになるんですが、彼はひとりだけではそれをしないようにしました。フィリップ・スーポー[*23]という、モダニズム的な傾向のある、二十四、五歳の、詩人としてかなり早熟で、早くからいろいろな作品を書いて注目されていた親友をさそい、二人でむかいあったり、一方が書いているときにもう一方が見ていたりするようなやりかたで、一種の共同作業をはじめたわけです。

ときによると掛けあいみたいに、こっちが「自動記述」を

＊23　フィリップ・スーポー（一八九七〜一九九〇）はパリ生まれの詩人、作家。ブルトンとはアポリネールを通じて知りあい、ダダと初期シュルレアリスムの時代に活躍。小説『流れのままに』（邦訳、白水社刊）などで戦後の青年の心理を体現。のちジャーナリストとしても活動、一九二七年にはグループを去る。

やっているのに対して、むこうも「自動記述」で応じるというようなことをやって、二人でいわば集団的に、おたがいに交流が可能かどうかということも考えながら、「自動記述」をつづけていきました。

この実験の結果が、一九一九年に発表され、一九二〇年の『磁場』[*24]という書物にまとめられることになりますけれども、それはそのなかの主なパートにすぎないんで、実験の全貌は最近になってようやく明らかになりました。ぼくもそのときのノートブックの実物を数年前にはじめて見たんですが、これがじつにおもしろいものでした。ただただ何も考えずに白紙を埋めてゆくことをくりかえしていただけじゃないんで、この実験では速度という枠組が意識されていた。速さについての実験だといってもいい側面があったんです。

ブルトンが意識してやっていたことは、「自動記述」の自動、つまりオートマティックという部分を、ゆっくりしたところからだんだん速くしていって、最後はほとんど記述不可能になるぐらいのスピードまで徐々に高めていったり、また

＊24　ブルトンとスーポーによる『磁場』は、はじめ彼らの雑誌「リテラチュール（文学）」に一部が発表（一九一九年）され、のちに小部数の単行本として刊行された。邦訳はかつて『アンドレ・ブルトン集成』（人文書院刊）の第三巻に入っていた。

それを逆にしたりして、それぞれの速度でどういう言語構造が生まれるかということも考えていたらしいんですね。

でも、そんなことをやっているうちに、精神状態に危険をきたすようになった。「自動記述」はだれにでもできますが、やってみると相当な困難をともなうものです。ぼくもやってみたことはあるし、いまでも普通に書いているうちに、ときどきそういう状態になることがあります。

ここは物を書こうとしている人の集まっている会場だということですから、みなさんにもそういう体験があるかもしれないと思うけれども、物を書くということは、ある程度オートマティックな、自動的なことなんですね。スピードがだんだんあがってくると、もう何を書こうかということを考えずに書く状態がたいていの人におとずれるもので、けっして特殊なことでも不思議なことでもない。ところが、書くスピードをどんどんアップしていったとき、ブルトンやスーポーはどういうことを経験したかというと、なんだかわけのわからない狂気に近いところへ行ってしまった。たとえば、「自動記述」を猛烈なスピードでやったあとで外へ出たとき、とつぜん、翼の生えたライオンかなにかが目の前にあらわれるとか、奇妙な幻覚をともなうようになってきたといいます。

つまり、「自動記述」にあまり強度に没頭してゆくと、どこか別の世界に連続して、そのままそっちのほうへ行ってしまうのかもしれない。それから、死への欲求が生まれてくるともいう。「自動記述」をやりすぎて、あるとき窓をあけてみたら、そこからとつぜん飛びおりたくなってしまったという体験もあるらしくて、このあたりは『ナジャ』にも書いてありますが、最後は危険になってきたために、彼らはこの実験をやめることにします。

というようなことは、実際にノートブックを見たり、この実験の過程を調べてみるといろいろわかってくるんですが、速さのレヴェルのちがいを、たとえばV^1とかV^2、V^3といった記号であらわしてみると、物を書く普通のスピードに近いところから、もっと速い、もっともっと速い、あるいはもっともっともっと速い……というぐあいに区分できます。ところで区分といっても本来は連続しているわけだから、遅めの「自動記述」は普通に物を書く場合とけっして別の行為ではない。くりかえしますが、これもさっきの話と似ていて、現実世界に対してぜんぜんちがう別世界があるとか、Aに対してBがあるとかいうんじゃなくて、普通の記述とゆっくりした「自動記述」との差は、せいぜいAとA′なんですね。

両者は裂け目なく連続している。だから、普通の速さというものがあるとして、このくらいの速さ、このくらいの速さ、このくらいの速さというふうにスピードアップしてゆけば、それこそ無限にまで近づいてゆく。普通の速さはまた逆の方向へ、無限に遅くなってゆくと考えてもいいわけだ。そして、ブルトンとスーポーの原稿を見るかぎり、どのテクストがどれくらいの速さで書かれたかはある程度わかるようになっていたんです。

そこでぼくは、速度によってどういうふうにテクストの内容がちがってくるかを調べてみました。何も予定せずに書く、考える暇もないような速さでペンを走らせるといっても、その速さにはいろんな程度がありますから、いくつかの要素――たとえば主語と動詞はどうなるかを調べてみるとおもしろい。まず、ゆっくりしたスピードで書かれた自動的なテクストは、「ジュ（je＝私）」という主語をもっていることが多いようです。動詞はだいたい過去形。もちろんだいたいですけれど、思い出みたいな内容が多い。

『磁場』の最初から二番目のテクストで、ブルトンの幼年時代の回想らしいものが夢のようにくりひろげられてゆくというか、イメージが点滅してゆく、「季節」と題されたとてもきれいな作品が入っています。これはかなりゆるやかな速度で書かれた「自動記述」の結果です。私が何をしたとかどうだったとかいう書きかたがまだ生きていて、その場合の過去形も、フランス語では半過去という、思い出あるいは物語の過去という感じのものになっています。それでこの作品などは、普通の速度で書かれたものとそう差が感じられない。

ところが、これをどんどん速くしてみると、どうも「私」がなくなってゆくようなんですね。たとえば「イル（il＝

彼)」や「エル(elle＝彼女)」もときどき出てきますが、これは過渡的なもので、やがて特定の人物を示す主語はなくなってしまう。そして、フランス語には「オン(on＝人々、だれか)」という不思議な代名詞がありますが、そういうのが出てきたりする。これは不定代名詞といって、なにか不特定の人、そこにいるみんなとか、いると想像されるだれかとか、あるいは人間一般とか、まさに不定の主語をつくるものです。日本語でも、「みんなこう思っている」なんていういいかたをしますが、この「みんな」はちょっと不定代名詞的ですね。みんなといったって、じつはだれだれを指しているのかわからない、それにちょっと近いような気もする。英語でも「ゼイ・スピーク・イングリッシュ・イン・カナダ」なんていいかたをした場合、「ゼイ」は「彼ら」という意味じゃなくて、カナダにいる不特定多数の人間を指すわけですが、それにもちょっと近い。

でも、「オン」はそのどちらともちがう不思議な代名詞なんで、性も数もわからない不定の主語ですから、「だれか」

とでもいいかえるしかないものなんですね。

「だれか」が出現する

ここで思いだされるのは、シュルレアリスムにかなり直線的に影響をあたえているアルチュール・ランボー[*25]という人物のいっていることです。そのランボーの有名な「見者の手紙」のひとつにこういうことが書かれていますね。「ジュ・パンス（Je pense＝私は考える）」というのはまちがいだと。つまり、デカルトの「コギト（われ思う）」はウソで、本当は「オン・ム・パンス（On me pense）」なのだという。私が考えているのではなくて、「だれかが私を考えている」あるいは「だれかが私に考えている」「だれかが私において考えている」なのだと。

ここでまさに、さっきの「オン（on）」という言葉を使っているわけで、これを逆に「私」のほうを主語にして訳すと、「私は考えられている」という受動態になる。つまり、物を

＊25　アルチュール・ランボー（一八五四〜九一）は北フランスに生まれた詩人で、少年期から詩作をはじめる。その到達点である最後の作品集『イリュミナシヨン』は、すでにシュルレアリスムを体現しつつあったともいえる。「見者の手紙」とは、十七歳でパリへ出奔したころ、教師イザンバールと友人ドゥメニーにあてて書いた二つの私信をいう。邦訳、青土社刊『ランボー全詩集』など。

考えるということは、じつは私が考えているんじゃなくて、「私が考えられている」「だれかが私を通じて考えている」「だれかが私を考えている」ということなんだ、とランボーはいっているんですが、自動記述の過程にあらわれる場合の「オン」もこれじゃないかと思えてくるわけです。

それで、スピードがいちばん速くなるときに何がおこるかというと、どうも主語人称代名詞が減ってゆきます。少なくとも「私」をあらわす主語がほとんどない状態になる。それにともなって、動詞のほうはどうなるかというと、これもごく大まかな話ですが、ぼくが調べたかぎりでは、「自動記述」のスピードをあげてゆくにつれて、過去がだんだんに現在に変っていきます。そのあとは過渡的に未来になることもありますが、最後にはあまり活用しなくなる。むしろ動詞が原形で出てきて、名詞のように使われる。あるいは、動詞そのものがなくなってしまいます。

つまり人称をあらわす「私」とか「われわれ」といった主語もなくなり、時制もなくなっちゃうわけだから、最高度に猛烈なスピードで書いたときにどういう文章になるかというと、名詞と、動詞の原形と、形容詞と、せいぜい前置詞くらいしかない文章というのがあらわれます。ひとつだけ思いついたのを引用してみますと、こんなのがあります。日本語に訳すとなんだかわけのわからないものだけれども、「シュザンヌの硬い茎、無用さ、とくにオマール海老の教会つきの風の木の村」という一行のもので、動詞も主語をあらわす人称代名詞もない。シュザンヌは人の名前ですけれども、「シュザンヌの硬い茎」というんですから、人間かどうかもわかりません。とにかく、ばらばらに出てきた言葉がほとんど前置詞でもって結びついているような文章です。それもフランス語でいえば「ドゥ (de)」とか「ア (à)」といった前置詞なんで、そういう簡単な要素でつながってゆく文章はどんなものかというと、まさにオブジェの世界なんですね。物だけがいわゆる脈絡なくつながって出てくる。

そこでまた、さっきのランボーの場合のように先人をひとり思いおこせば、レーモン・ルーセル[*26]はこの「ア (à)」とい

＊26　レーモン・ルーセル（一八七七〜一九三三）はフランスの作家。言語によって構築する世界を現実とは切りはなし、しかも強度に現実化させてゆく驚くべき作品群をのこす。『ロクス・ソルス』（邦訳、ペヨトル工房刊）『アフリカの印象』（邦訳、白水社刊）など。前置詞 a についての展開は、『私はどのようにして自作のいくつかを書いたか』というエッセーのなかに見られる。

う、英語の「トゥー（to）」や「アット（at）」その他にあたる前置詞を偏重していて、これをほとんど動詞のように使った人です。何かと何かを「ア」で結びつけると、いくらでも新しい言葉ができてしまう。物がいろんなふうに思いがけない結びつきをして、未知の何かができる。それを絵に描くとすれば、オブジェ同士がコラージュのようにたがいに関連なく併置されているような状態になるでしょう。

そういうわけで、「自動記述」のスピードをどんどんアップしてゆくときの変化をもう一度まとめてみると、こんなふうになります。これはとても微妙な問題で、科学的な根拠があるかどうかはわからないんですけれども、ぼくの体験も加味して考えると、「私」がだんだんなくなり、あるところまで行くと、「私」の思い出を語っていたものが徐々に変化して、こんどは何ものかの現在を書くようになります。「私」という主語がもしのこっているとしても、動詞の現在形が多くなり、やがて活用しなくなる。

通常、文章は過去に起因します。過去に体験したことが文章になるというのが普通でしょうし、そう思われてもいますね。ところが、かならずしもそうではない事態がおこるんです。実際に「自動記述」をやってみて感じるのは、いま考えていること自体が文章になってゆくということ。現在形になるということは、事実、過去の何かを書いているということじゃない場合があります。ひょっとすると、そこに書いている内容は、いま自分がやっていること自体であるのかもしれない、いや、そうとしか思えないといったような文章も出てくるんですね。

だいたい、ブルトンのかなり高スピードでやった「自動記述」の作品を見ると、なんだか不思議な感じがあります。とつぜん鳥が飛びたってみたり、とつぜん地面が掘られてみたり、いつも突発的に出来事がおこって、それが現在のままずっとつらなってゆく。脈絡があまり感じられない。けれども、それぞれのイメージがおたがいにぶつかりあって閃光を発したりしているような状態も生じるわけで、それが蜒々《えんえん》とつづいてゆくという感覚があります。ひょっとしたら、それを書いていること自体がそこに書かれているのかもしれない。結局、どうも文章を書くという行為が、個人の過去あるいは主観から離れつつあるんじゃないかということを、ぼくは実感したんです。

さて、書くスピードをもっともっと速くするとどうなるかといえば、「私」がいなくなって、「だれか」が出てくる。「だれか」が「私」のことを書いているような状態になります。これはもしかするとある種の神がかりに近いのかもしれない。神がかりというのは巫女《みこ》なんかにある現象で、どこからか送られてきたメッセージを、巫女が自分の口を通してしゃべったり、自分の手を通して書いたりする。そういうときの「自動記述」というのもありますね。霊媒の記述がそれですが、霊媒が何かにとりつかれて自分の知らない、考えていないことまで書いてしまう。

たとえば、エレーヌ・スミット[*27]という女性は、自分のまったく知らない言語を書きとりました。火星語や天王星語と称する言語で書いたりすることがありました。ランボーのいう

＊27　エレーヌ・スミット（一八六一～一九二三）はスイスの霊媒女性。精神医学者テオドール・フルールノワによってその言動が徹底的に研究された。ブルトンは彼女に興味をも

「オン・ム・パンス」、つまり「だれか」が自分を通じて考えているとか、「だれか」が自分を通じて書いているという体験がここにもあります。これは体験的・身体的な問題ですから、出所についてはやはり自分のなかにあるとしかいえないわけですが。

「自動記述」の場合、さらにこれが抜けちゃって、主語や現在からも離れてしまうことがある。それでは未来へ行ってしまうのかというと、未来形になるかというと、そういうことはあまりない。じつはわれわれが未来形で物をいったり書いたりするのは、未来のことであっても過去のことのように把握したうえで書いているわけだから、本当に未来なるものが動詞にあるかどうかはわかりません。未来へ行くんじゃなくて、現在の先はどこかというと、動詞のない世界に入る。つまり、過去でも現在でもなく、物と物、概念と概念がただ脈絡なく併置されている状態なわけで、いわば無秩序なオブジェ世界です。

ち、幾度か言及している。おなじく霊媒の素質をもっていたとも考えられるナジャは、「エレーヌ、それは私」といっていた（『ナジャ』）。↓図五三ページ。

危険なオブジェの世界へ

それで「自動記述」の実験でわかってきたことは、どうやら物を書くことをそのスピードに応じて段階化してゆくと、最終的には自分が書くというところから、「だれか」が自分を書くとか、「だれか」によって自分が書かれるとかいう状態に行く。書かれたものは主語や動詞がだんだんなくなってゆく。主語があって、動詞があって、それらに統御された客観物としての目的語や補語があるというような、いわゆる文章の通常の構文ではなくて、大方がオブジェすなわち客体であるような、つまり客観的な世界です。「客観的」という言葉はフランス語や英語では「オブジェクティフ」や「オブジェクティヴ」ですけれども、同時に「オブジェの」ということで、オブジェの世界イコール客観的な世界でしょう。主観の世界は「シュジェの世界」で、「私」がどうだこうだといっているような文章がまあ、それなんですね。

シュルレアリスムがその後、オブジェにとりつかれるよう

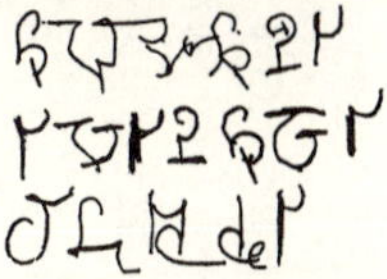

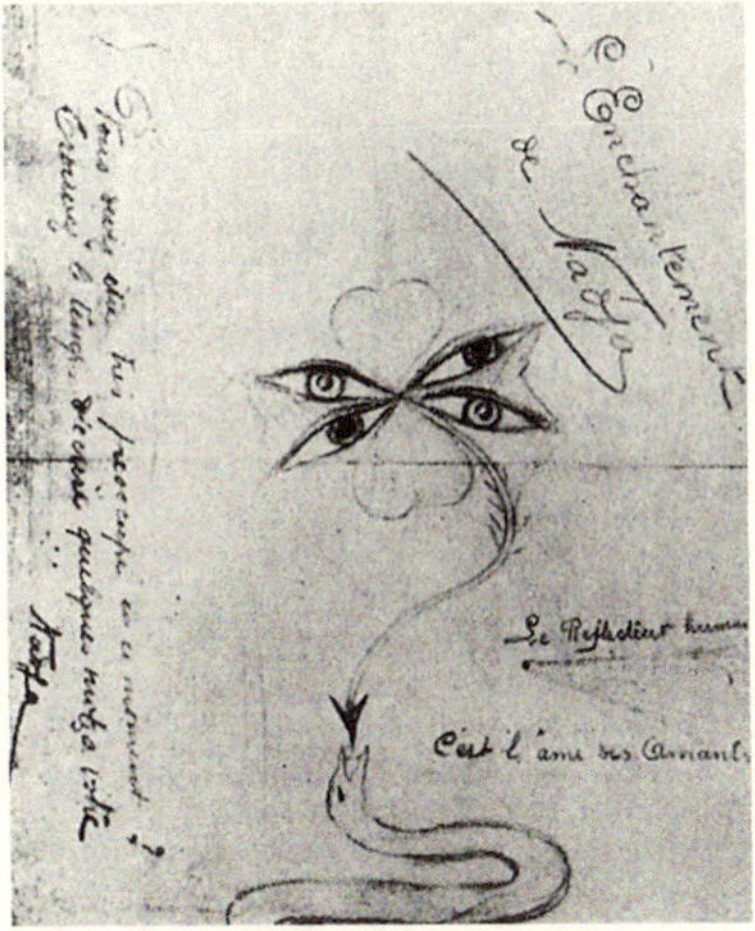

▲▶
エレーヌ・スミット
火星の光景／火星語
1896 年
霊媒エレーヌは火星のありさまを透視しただけでなく、火星の文字によって「火星語」を書くこともできた。

◀
ナジャのデッサン
恋人たちの花
ブルトンの書「ナジャ」には、こうしたナジャ自身によるデッサンが何点か挿入されている。
2 点とも、50 ページ参照。

になるのは、ひとつにはこういう体験がはじめにあったためです。だからさっきの国語辞典から引いた、主観的な幻想を描くのがシュルレアリスムだという定義は明らかなまちがいで、ここで頭から消去しないといけない。むしろ、人間におとずれる客観的なものたち、つまりオブジェたちが生起し表現されるのがシュルレアリスムですから。いいかえれば、主観にもとづいて幻想を展開するのではなく、むしろ、客観が人間におとずれる瞬間をとらえるのが、シュルレアリスムの文学や芸術のありかただということになるでしょう。

ところで、「自動記述」の実験をつづけて、猛烈なスピードにしていって、最後は「私」がなくなってしまい、オブジェだけが遍在するようになった状態というのは、やっぱり異常ですね。狂気に近づいていると考えてもいいでしょう。オブジェだけの世界になってしまうと、人間は日常生活に支障をきたすことになるらしい。目の前にはさまざまなものが脈絡のない幻覚のようにしてあらわれ、その人間の主観を侵しはじめるかもしれませんから。

じつは『シュルレアリスム宣言』を読んでみると、その種の危険が、やや暗示的な表現ではあるけれども、いろいろなところに書かれています。いちばん典型的な例では、「危険な風景」というオカルトの用語らしきものをブルトンは使っています。はじめは「シュルレアリスム」イコール「自動記述」だったのですが、「シュルレアリスム」の体験をすると「危険な風景」に出会うこともあるといっているんです。そこらへんをもう一度、念のために引用してみましょう。これはひとめ見たところでは難解なくだりですが、いまいった「自動記述」の体験や「季節」のテクストを前提にして読むとわかりやすいはずです。

シュルレアリスムにのめりこむ精神は、自分の幼年時代の最良の部分を、昂揚とともにふたたび生きる。(前掲書、七一ページ)

実際、ある程度の速さでおこなった「自動記述」というのは、幼年時代の記憶をよびおこすことがかなりあるわけですね。『シュルレアリスム宣言』を一九二四年に出すとき、ブルトンはそのうしろに『溶ける魚』[*28]という物語集をつけていますが、これはスピードがそんなに極端に速くない「自動記述」によるものです。そんなに極端に速くないところでなお生まれてくる、だがまさに客観的な物語で、自分の主観も主張もなく、さまざまな物たちが不思議な物語をくりひろげる。ある意味では可憐な、メルヘンのような、いわゆるファンタスティックな美しい小物語集ですが、この本はもとはこちらのほうが主で、『シュルレアリスム宣言』はこれの序文として書きはじめられたんですね。だから『宣言』はほかの宣言書とはちがって、自分の体験、この場合はとくに「自動記述」の実感を書いている部分が多く目につくんです。

それはなにか精神にとって、いましも溺死しようとしているときに、自分の生涯のとらえがたい部分のすべてを、またたくまに思いおこしてしまう人の確信のようなもので

*28 『溶ける魚』は、一篇を除き、一九二四年にブルトンがおこなったと考えられる「自動記述」によるテクスト集。没後にのこされた草稿ノートを見ると、ここにおさめられているのは一部分にすぎず、しかも選別や配置換えのなされていたことがわかる。なお彼は『シュルレアリスム宣言』のなかで、これらを「小話」と表現している。

ある。(同、つづき)

この表現もよくわかるような気がしますね。「自動記述」の高速度の実験と関連しているものです。「のようなものである」というわけだから、事実をきちっと書いているのではないけれども、表現するのが難しいことなんで、こういういいかたになっているのでしょう。

それではあまり乗り気になれないといわれもしよう。けれども私としては、そんなことをいうやからを乗り気にさせようなどと思ってはいない。幼年時代やその他あれこれの思い出からは、どこか買い占められていない感じ、したがって道をはずれているという感じがあふれてくるが、私はそれこそが世にもゆたかなものだと考えている。「真の人生」にいちばん近いものは、たぶん幼年時代である。
(同、つづき)

この「真の人生」とは「ヴレ・ヴィ[*29]（vraie vie）」で、ランボーが使った言葉ですが、やはり『磁場』の自動的テクスト「季節」に再体験されているような、幼年期の思い出の世界を連想させるものがあります。あと、「幼年時代をすぎてしまうと、人間は自分の通行証のほかに、せいぜい幾枚かの優待券をしか自由に使えなくなる。ところが幼年時代には、偶然にたよらずに自分自身を効果的に所有するということのために、すべてが一致協力していたのである。シュルレアリスムのおかげで、そのような好機がふたたびおとずれるかに思われる。」というふうにつづきます。そしてそのあとに、

それはあたかも、人が自分自身の救済あるいは破滅にむかって、いまも走りつづけているようなものだ。（同、七二ページ）

この一行をはじめて読んだとき、ぼくは「自動記述」のことを直線的に思いうかべたものですが、実際、高スピードで

＊29 ランボー『地獄の一季節』の「錯乱Ｉ」の章に、「真の人生がない」という一句が出てくる。

書かれた「自動記述」のテクストには、「走る」とか「飛ぶ」という言葉が現在形でときどき出てくるんです。書いている行為自体を表現しているような気がするわけです。書いている自分自身が、あるいは思考が疾走しているんですね。こういう文章はほかにもあらわれることがあって、たとえば瀧口修造の初期の『TEXTES』[*30]なんかとくらべてみるといい。そして、

暗がりのなかで、なにか貴重な恐怖が再体験される。さいわいにしてそこはまだ〈煉獄〉にすぎない。ひとは戦慄を味わいながら、隠秘学者たちが危険な風景とよぶような場所をつっきる。私は自分の通ったあとに、獲物をつけねらう怪物たちをよびおこす。彼らはまだ私に対してさほど敵意をいだいてはいないし、私も彼らがこわいからといって降参するわけではない。ほら、ここに「女の顔をした象と、空とぶライオン」がいるが、スーポーと私は以前、そいつに出っくわしはしないかとおびえたものだ。ここに

*30 瀧口修造が一九二九年から三〇年にかけて発表した詩的作品。単に「TEXTES」(テクスト、本文、文章)と題していることは、いわゆる完成された詩ととられることを拒んでいるかのようで、この作品が「自動記述」にかかわっていたことを想像させる。のちに『瀧口修造の詩的実験』(思潮社刊)に収録。

「溶ける魚」がいるが、こちらはまだすこし私をたじろがせている。溶ける魚といえば、私こそがその溶ける魚なのではないか（同、つづき）

というのは、自分のなかからあらわれたとはとうてい思えない、自分の考えていたこととはまるで関係がなさそうに見える客観的なものが、つまりオブジェがどんどんうかんでくる。目の前に陳列されてゆくかのようです。これは恐怖でもあるし魅惑でもある。それにさそわれて、その客観的なものがまさに「超現実」という強度の現実であると実感してそれに身をゆだねてゆくと、日常生活に支障をきたすことがありうる。ちょっと危なくなってくる。ここはそういう体験を語ろうとしているように読めます。

連続性の観点

まあ、ざっとそのようなわけで、「自動記述」を自分でもやり、『シュルレアリスム宣言』を通過したうえでぼくが思ったのは、どうも通常の記述と「自動記述」との二種類があるわけではない、ということです。ブルトンが証明したのはそういうことだろうと思うんです。両者のあいだに切れ目があるんじゃなくて、通常の文章もじつは多かれ少なかれ自動的だということ。ぼくらが文章を書くときに、何を書くかを全部あらかじめ決めて、そのとおりに書けることはまずないでしょう。もしもそういう訓練をして、完全にきれいに整理したうえで書くということばかりやっているとすれば、それは普通に物を書くのとはちがうものになります。会社のレポートとか法律家の文章なんかにはそういうのもあるかもしれないけれども(笑)、まあ、一般には、百パーセント熟考されたうえでの意識的な文章というのはありえない。

ぼくもふだん原稿を書いていますけれども、その体験にしてもほとんどの場合、多かれ少なかれオートマティックに書いているようです。現にぼくは物を書くときに何も用意しません。書く前にいろいろな事象を体験して、頭のなかにいろいろとプールをつくってはあるけれども、どういう順序でどういうふうに組みたてて、どういうふうにおもしろくしようとか、どういうふうに起承転結をつくろうとかいうことは、あまり考えたためしがない。若いころはずいぶん考えたうえでやっていたけれども、たいていうまく行かないんですね。だからいまのぼくは、どんな場合でも第一行目からあまり先を考えずに、五十枚なら五十枚をバーッと一晩で書いたりすることをよくやります。それを翌日になって読みかえしてみると、おや、意外にいいことをいっているじゃないか、と思うこともある。何を書いたか、おぼえていなかったりもします。それを清書して平然と雑誌に載せたりする。それで、どういうわけか、人からは論理的な文章を書く人だといわれている(笑)。事実、論理的ではあります。

ブルトンの一九一九年の「自動記述」とはちょっとちがうけれども、ぼくの場合、すべて即興でやって、それでまあ辻褄《つじつま》があうようにできているのかもしれない。現に、いましゃべっていることも、何も用意なんかしていなくて、たぶんこうなるだろうと二、三の言葉をあらかじめ黒板に書いておいたら、だんだんこうなってきた（笑）。

　というのは、もともと文章というものは、自動的に手や口が自然に動いていって、なにも用意しないで書いたりしゃべったりする度合の少ないものから多いものまでのあいだに、とくに境目や区分がないんじゃないか。程度の差ぐらいしかないんじゃないか。「自動記述」はそういうことを立証したように思うんです。普通の記述と「自動記述」は段階的に連続しています。この連続性こそがシュルレアリスムの理解のポイントなのではないか。

　ここがわからないと、さっきの国語辞典のようなおかしな解釈に傾いてしまうでしょう。ぼくは何十年かシュルレアリスムを考えてきましたが、どうもここだけは外せないところです。いろいろな領域がたがいに連続しているのだということ。「自動記述」には、物を書く行為そのものがもともと多かれ少なかれ自動的であるということを、あらためて再発見させた実験だという一面があります。自動的な度合がうんと少ない文章がある、一方、自動的な度合が極大まで行くと、自分がなくなって散失しちゃうこともある。ボードレール[*31]は昔、「自我の払散と集中について――そこにすべてがある」といいましたけれども、「払散」は原語だとたしか「ヴァポリザシヨン」だから、水分みたいに「蒸発」してしまうことです。ときには自我の「蒸発」まで行くが、それでも「集中」とのあいだには度合の差しかないということで、「自動記述」と普通の記述との境目の壁というものはない。

それだけだったら簡単ですけれども、どうやら現実と「超現実」とのあいだにもそういうことがいえるんです。それから、醒めている状態と夢みている状態についてもいえるでしょう。あえていえば、レアリスムとシュルレアリスムとのあいだもそうです。両者を一概にちがうものとして区別はできない。すこしずつの段階変化はあるにせよ、つながっている。さらに推しすすめちゃうと、正気と狂気についても、科学的にはある域をこえると気が変だというので精神病院に入院させられたりするけれども、実際には正気と狂気の境目はなく

＊31　シャルル・ボードレール（一八二一～六七）はパリに生まれた近代随一の詩人。『悪の花々』や『パリの憂鬱』や『人工の楽園』のほか、美術批評・文明批評においてもシュルレアリスムに先駆するところが多い。「自我の……」という文章は『赤裸の心』のなかに見える。

て、程度の差かもしれない。この連続性という観点が、シュルレアリスムの発想の根幹のところにあったとぼくは考えています。

アンドレ・ブルトンの有名な作品に『通底器』[*32]がありますが、この題名は化学実験用の器具の名前で、二つの器の一方から管が出ていて、もう一方からも管が出ていて、それがつながっているために器がおたがいに底を通じているというものです。一方に入れた水がもう一方にあがってくるようになっている。連通管ともいわれているもので、そっちの訳語のほうがわかりやすいかもしれない。それで、現実と「超現実」のあいだには通底器の関係があるとブルトンはみなしていたわけです。つまり連続している。

たとえば不思議の国へ行くアリスの場合を思いうかべてみますと、まず現実の世界があって、その先に「ワンダーランド」あるいは「鏡の国」がある。「鏡の国」ならば鏡を通りぬけて別世界へ行くわけだし、「ワンダーランド」ならば眠ってしまい、ウサギの穴におっこちることによって別世界へ

＊32　『通底器』は一九三二年刊。邦訳は人文書院版など。『ナジャ』、『狂気の愛』（一九三七年）とともに三部作をなすといわれる。なお「通底器」の概念をブルトンがはじめて用いたのは、一九二八年の『シュルレアリスムと絵画』（邦訳、人文書院刊）のなかである。

行くというわけで、こちらの世界とむこうの世界とがはっきり区分されているけれども、シュルレアリスムはその区分がないということを考えている。そうすると、現実の見えかた自体が変ってきて、そこに独自の文学や芸術が生まれてくるということです。

シュルレアリスムは「自動記述」の発見から出発し、またロベール・デスノス[*33]などの睡眠実験、夢の記述などの体験を経てきていたので、いまいったような現実観をいだいている。したがって、「シュール」と「レアリスム」とのあいだに「・」（ナカグロ）は入れられない。「シュール」の世界と「現実」の世界があって、それらは別のもので「シュール」だけが分離する、なんていうことを考えるべきではない。なにかにつけ「・」で内と外とを区切ってしまうと、オタクの密室だとか新興宗教のサティアンだとか、変なもののなかに隔離されてしまいますから（笑）。

他方、シュルレアリスムによれば、現実と「超現実」は連続しており、あるいは現実のうちに「超現実」が内在してお

*33　ロベール・デスノス（一九〇〇～四五）はパリ生まれの詩人。ダダ時代からグループに加わり、初期シュルレアリスムにとって不可欠の役割をはたす。霊媒的な素質をもち、みずからを催眠術にかけて自動記述をおこなうことができた。小説『自由か愛か！』（邦訳、白水社刊）など。第二次大戦中、ナチスの収容所へ送られて死去。

り、それが時によって露呈してくる。しかも、それは主観的にこちらがでっちあげる幻想などではなく、客観的に、オブジェとして配列されるものである。これがシュルレアリスムのひとつの重要なポイントです。

だから「自動記述」を抜きにしてシュルレアリスムを語った場合、たいていはうまくいかない。ただの「シュール」になってしまう。あるいはオタクに堕しかねない「幻想」になってしまう。日本で美術について語ったり、詩人が批判の種にしたりするときの「シュルレアリスム」は、しばしば「シュール」のほうだと思います。もともとちがう相手に文句をつけていたりする。だから論点があやふやになってくるし、もっとあやふやな「幻想」という概念に拡散してしまったりするんじゃないか。

シュルレアリスムと美術

もうひとつ、いまいったことは文章についてだったわけで、シュルレアリスムは物を書くこと、文学の領域から出発したんですけれども、美術や写真や映画、それから音楽やファッションにも多少あるし、それ以上に人間の生きかたとか物の見かたとか、じつにいろいろな領域にひろがっていって、芸術と倫理にかかわる運動としては、おそらく二十世紀でもっとも大きな影響力をもったものです。そこで、美術の領域で以上のことをとらえなおしたらどうなるかというと、やはり一九一九年の出来事が問題になってくるわけで、これはおもしろい年号ですね。第一次世界大戦がおわったあとの青年たちがどんなことを考えたか、ということにシュルレアリスムは発している面があって、ここでようやくマックス・エルンストが登場するわけです（笑）。

ブルトンとエルンストは兄弟みたいなところがある。前者はフランス人で辺境のブルターニュから出てきた、ちょっと不思議な人物で、エルンストのほうはドイツ人ですが、フランスとの国境に近いケルンのそばのブリュールから出てきた、これもちょっと不思議な人物です。ケルンはもともとコロニアが語源で、ローマ帝国のコロニア（植民市）だったところですから、エルンストは、ドイツ人にしてはかなり地中海文化とのつながりのあるところにいたんですけれども、この二人の交友関係はおもしろい。エルンストは一八九一年生まれで、ブルトンよりすこし年が上ですが、戦争がおわってからケルンで、ダダ[*34]の運動をはじめた。そのころ、一九一九年にエルンストが考えたことというのが、その後シュルレアリスムの絵画のほうで大きな意味をもつようになります。

一九一九年に「自動記述」がはじまり、その後、断続的に実験をくりかえして、一九二四年に『シュルレアリスム宣言・溶ける魚』が出、パリでシュルレアリスム運動が開始される。これは、参加したメンバーの質と数からしてもたいへんな運動だったわけですが、その詳細をしゃべりはじめると切りがないから、ここではほとんど省きます（笑）。『シュルレアリスム宣言』を見ると、美術のこともすでに書いてあって、シュルレアリスムと美術とは、はじめから大いに関係があったんです。シュルレアリスムのグループには早くから画

＊34　ダダ（dada）はいうまでもなくシュルレアリスムに先立つ文学・芸術上の運動。一九一六年、ルーマニア出身の詩人トリスタン・ツァラ（一八九六〜一九六三）らの創始したチューリヒのダダは否定精神の権化で、一九二〇年からパリに移ってブルトン、スーポー、アラゴンらを集め、破壊的・諧謔的示威運動によってシュルレアリスムに先駆した。フランシス・ピカビア（一八七九〜一九五三）やドイツのクルト・シュヴィッタース（一八八七〜一九四九）、ニューヨークのマン・レイやデュシャン（次ページ参照）などの作品には、オブジェの精神がすでに発現していた。

家もいろいろ加わっていて、一九二四年以前にもマン・レイ[*35]がいたり、マックス・エルンストがいたり、マルセル・デュシャン[*36]がいたりして、パリのカフェでいろんな実験に立ちあったりしていましたから、『宣言』にも彼らのことが語られています。

ところが意外なことに、美術における「シュルレアリスム」とは何かということについては、なかなかはっきりしなかった。『シュルレアリスム宣言』を読んでみると、画家の名前は出てくるけれども、「シュルレアリスムの美術」とはどういうものなのかは、ほとんど何も書いてない。この段階では必要がなかったともいえますが、ブルトン自身はまだその根拠をなんとなく疑っていたみたいです。なぜかというと、シュルレアリスムは「自動記述」から出発したわけだし、シュルレアリスムという言葉が「自動記述」そのものを意味していた時期もあるくらいで、美術の場合に「自動記述」は可能なのか、という問題がまずあったからでしょう。たぶん、そう簡単にはわからないことですね。

＊35　マン・レイ（一八九〇〜一九七六）はブルックリン育ちの画家、写真家で、ニューヨーク・ダダの推進者のひとりだったが、一九二一年にパリに出てグループに加わる。レイヨグラム、ソラリゼーションなどの写真技法も開発。「パリのアメリカ人」としての活動は広範囲におよび、シュルレアリスムに多くのものをもたらした。→図左ページ。

＊36　マルセル・デュシャン（一八八七〜一九六八）はノルマンディーに生まれたフランスの画家だが、早くにニューヨークに渡り、ダダ運動以後、現代芸術の展開に大きな役割をはたす。大ガラス作品『花嫁は彼女の独身者たちによって裸にされて、さえも』以後、謎の沈黙。ときおりパリにもどり、シュルレアリスムのグループと交流、先人としてつねに敬意をはらわれていた。八三ページ参照。→図左ページ。

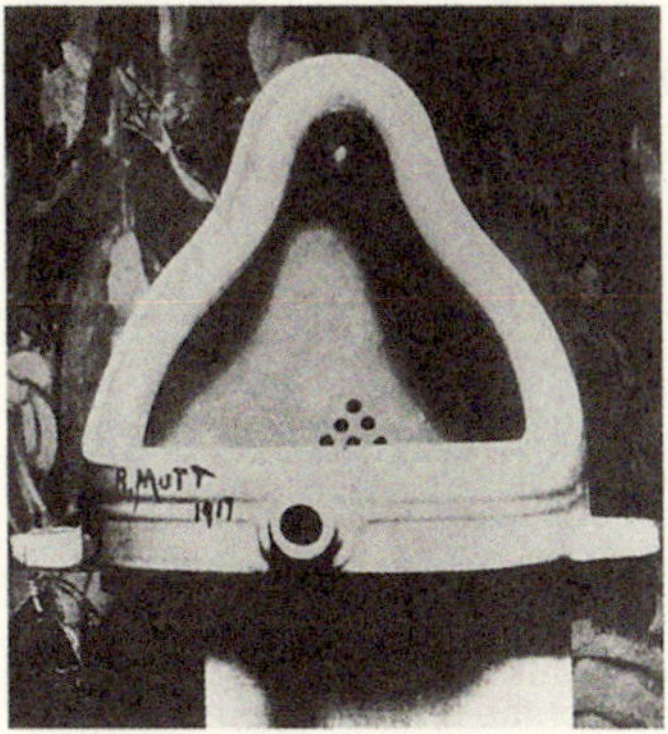

◀マルセル・デュシャン　泉　レディメイド・1917年
▶マン・レイ　贈り物　オブジェ・1921-63年
▼マン・レイ　思考に対する物質の優位　ソラリゼーション・1931年

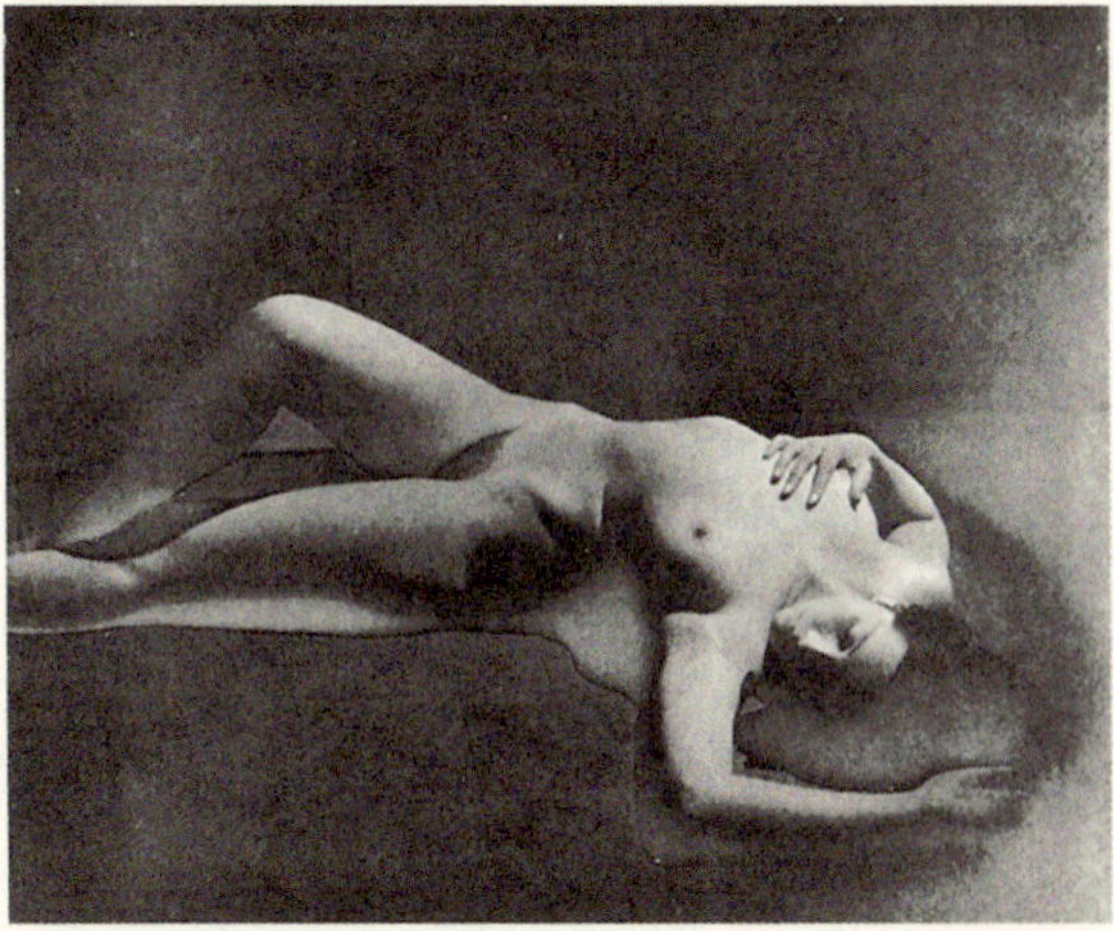

ただいえることは、自動的なデッサンはあったということです。「自動記述」のように何も予定せずに手を走らせて、そこに線や図形が生まれてくる。これを「デッサン・オートマティック」といいます。「自動記述」に対して「自動デッサン」と呼ばれ、これはかなり広く試みられていました。たとえば、アンドレ・マッソン[*37]あたりはそればかりやっていた時期がありますし、だれでも思いうかべるのはジョアン・ミロ[*38]の作品でしょう。ミロの作品ははじめはいわゆる具象ですけれども、一九二〇年代には例の不思議な記号のようなオートマティックな形態の世界になり、そのオートマティスムを最後まで捨てなかった。自発的に生まれてくるなんとも知れない形態をいつまでも、マジョルカ島に住んだ晩年にいたるまで描きつづけた画家です。ただし油絵の場合に、オートマティスムの要素がどのくらい加わってくる可能性があるかということになるとまた別だけれども、むしろ、たとえばマッタ[*39]、あるいはアメリカのジャクソン・ポロック[*40]あたりからはじまるアクション・ペインティングの動きのほうに、オー

＊37　アンドレ・マッソン（一八九六〜一九八七）はフランスの画家。一九二〇年代前半にシュルレアリスムに加わったが、のちにバタイユら社会学研究会のグループに移る。第二次大戦中はブルトンらとともにニューヨークで活動。→図左ページ。

＊38　ジョアン・ミロ（一八九三〜一九八三）は現代カタルーニャを代表する画家。バルセロナに生まれる。パリでグループに加わり、オートマティックな画法で運動の一傾向をリードする。→図左ページ。

＊39　ロベルト・マッタ・エチャウレン（一九一一〜二〇〇二）はチリ出身の画家。一九三〇年代にブルトンと出会い、その後ニューヨーク、パリで活躍。第二次大戦後のシュルレアリスムの「巨匠」のひとり。

＊40　ジャクソン・ポロック（一九一二〜五六）はアメリカの画家。第二次大戦中にアクション・ペインティングの方法を創始、床にカンヴァスをひろげて体ごと絵のなかに入り、絵具をしたたらせながら描く。マッソン、マッタらの影響をうけた。

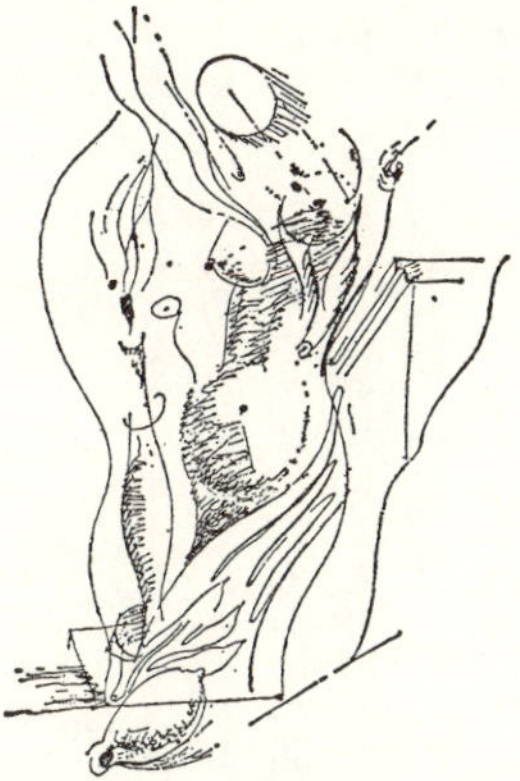

◀
アンドレ・マッソン　自動デッサン
1925-26 年

▶
ジョアン・ミロ　デッサン　1924 年

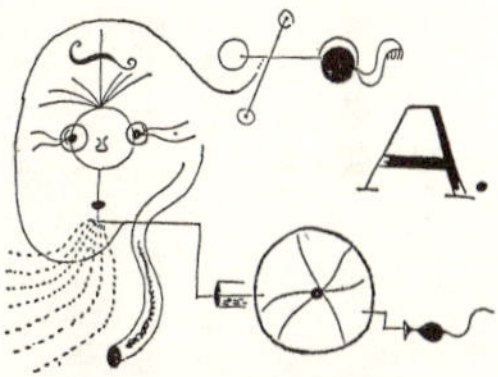

▼
ジョアン・ミロ　アルルカンの謝肉祭
油彩・1924-25 年

トマティスムの新しい行きかたを見いだすことができるともいえます。

まあいずれにしても、オートマティスムをふくんで生まれてくる美術は当初からあったわけです。ところが、どうもそれだけではシュルレアリスムの美術の問題は解決できなくて、ブルトンがシュルレアリスムと美術とを本格的に結びつけてみせた最初の試みは、『シュルレアリスム宣言』よりもっとあとの一九二五〜二七年に書かれ、本になって出るのは一九二八年になった『シュルレアリスムと絵画』[*41]です。これはまだ新訳が出ていません。ぼくが訳注をつけていないから出ないわけですが（笑）、近いうちに人文書院から出ます〔その後に完成、出版された。――文庫版注〕。この本の原書の刊行される一九二〇年代のおわりごろから、シュルレアリスムは美術の用語としても世界中にひろまるようになりました。

この場合、オートマティックなデッサンがシュルレアリスムの美術を生むということは、まちがいなくひとつあったわけです。実際にそれをやっている人がいたわけで、ミロにし

＊41　『シュルレアリスムと絵画』はブルトンの美術論中もっとも重要なもの。戦前に瀧口修造の訳『超現実主義と絵画』が出て日本でも影響力をもった。ブルトンは晩年の一九六五年にその後の多くの美術論を併収した決定版の大著『シュルレアリスムと絵画』を出したが、その全訳は一九九七年、ようやく人文書院から刊行された。

ろマッソンにしろ、これはわかりやすいですね。ミロの形象にオートマティスムを感ずることはだれにでもできます。

ところが、エルンストが一九一九年以後の自分の制作体験をやはり文章にしていて、それがブルトンの「自動記述」の体験とちょっと似ています。『絵画の彼岸』[*42]という本があって、これはいまは手に入らないかもしれないけれども、だいぶ前にぼくが邦訳したものです。そこに書かれていることですが、その早い時期にエルンストはコラージュとかフロッタージュとかいう手法を、ドイツのライン河のほとりで発見したといいます。コラージュとかフロッタージュとはどういうことかを説明したくもありますが、まあ前者ならだれでも知っているでしょうし、いまは日本語にもなっている「コラージュ」[*43]という片仮名である程度は意味が通じますね。

コラージュとは何か

で、実際にエルンストがやったのはこういうことです。た

＊42 『絵画の彼岸』（一九三七年）はフロッタージュやコラージュなどの体験を自伝的に語るエルンストの代表的な美術論。邦訳は河出書房新社刊。その重要な部分は現在、＊44に示す「コラージュ・ロマン」三部作の邦訳のうち、後二者の末尾に収録されている。

＊43 コラージュ（collage）の本来の意味は「貼ること」。つまり、既成の図版の一部を切りとって貼りこむことをいうが、エルンストの創始した方法は独特の体験と思想にもとづく 図八一ページ。

またま十九世紀後半から第一次世界大戦前にかけてのベル・エポックの銅版画の挿絵とか、商品カタログの図版とか、科学の本や図鑑などのイラストのようなもの、いずれも銅版画や古拙な写真ですが、そういう作者がだれとも知れないような既成の図版をながめていると、たとえば商品カタログに描かれている靴なら靴のようなものが、幻覚のように自分にとりついてきたといっています。

「ブルトンの「自動記述」の場合とちょっと似た表現があるんですけれども、あるいはエルンストもそれに似せて書いたのかもしれない。ともかく書物からうかびあがるようにして、既成の図版がチラチラ自分につきまとい、ある幻覚をよびおこした、と。そのときエルンストは、それぞれのイメージがまったく自発的に、思いがけなくたがいに結びつきあいはじめるということを、実際に体験したわけです。自分の目の前でそういうオブジェたちが、それぞれ別のなりたちの図版たちが、おたがいに結びついたり離れたりしはじめた。そこで彼はそれらをハサミで切りとって、本来は関係のない別のイメージ同士をノリで貼りあわせてみます。それが「コラージュ」のいちばん最初の実験です。

コラージュ作品は実物をお見せしてもいいんですが、みなさんならたいてい何かご存じでしょうし、コラージュを集成した小説『百頭女』[*44]などは日本でも見ながら読めるから、ここでは説明だけにします。要するに、既成の図版を切りとってきて、それを別の図版のなかに貼りこんでできあがる作品がまずコラージュの基本的なもので、『百頭女』の百数十枚の絵もすべてそれによっているわけですね。

それにしても、コラージュは不思議なものです。一見簡単で、だれがやったって似たようなものができそうに思えるけれども、じつはそうじゃありません。やっぱりエルンストのつくったコラージュがいちばんいいですね(笑)。それは、もちろんエルンストの主観があらわれているからじゃなくて、そもそもコラージュとは何かということがいちばんみごとにとらえられているからだと思います。つまり、これも国語辞典が日本における「シュール」の定義でいっているような、

＊44　『百頭女』は、一九二九年に出た全篇コラージュと短いキャプションによる「小説」(ロマン)で、ブルトンの序文つき。『カルメル修道会に入ろうとしたある少女の夢』(一九三〇年)、『慈善週間』(一九三四年)とともに「コラージュ・ロマン」三部作をなす。いまではどれも河出文庫版で読める。↓図八一ページ。

主観にもとづいた勝手な幻想をつくるために既成の図版を利用するというものではありません。そんなふうだったらそれは単にシュジェ（主体）の芸術ですけれども、エルンストが見いだしたのはオブジェ（客体）のほうでした。

「オブジェクティフ」といえば「客観的」という意味ですが、ここで客観性が問題になるのは、つまり、自分の目の前で、図版の部分同士が自発的に結びつく現象に立ちあったということです。既成の図版のXとYを自分が主観的に結びつけたというのではなく、それらがおたがいに結びついてくる状況を自分が観客のように見た、とエルンストはいっているんです。観客のように客観的に見ながら、創造に参加する結果になったということです。

そのとき、エルンストはおもしろい考えにとりつかれました。これまで近代人は、絵画、美術作品は人間主体が創造するもので、人間というのは創造する力をもっているという一種の神話を信じていたけれども、それはウソではないかという。ランボーの考えたことと似ています。そして、創造するんじゃなくて、創造されるのだという。「オン（on）」という不定の何かによって創造される何かに立ちあうのが画家なんだというふうに、まるで錬金術師みたいなことを考えはじめたわけです。

その体験を通じて、コラージュはエルンストによってさまざまな実践と思考に高められ、その後のシュルレアリスム絵画のひとつの流れになりました。フロッタージュ[*45]についても、はじめたのは一九二〇年代に入ってからのようですが、その発見のいきさつも筋道として似ています。こちらは幼年時代の思い出にさかのぼることらしいけれども、エルンストは、そのときある宿屋にいて、雨の日だった、というふうに、ちょっと物語めかして書いています。

これはちょうどブルトンが、ある日、眠りにつく前にこういう言葉がうかんできた、と書いたのと似たような設定になっている。宿屋で羽目板かなにかの木目をながめていた、と。ぼく自身も子どものころ、明治時代にできた日本家屋の和室に寝ていましたが、天井の木目を見ると、自然のつくった不

＊45　フロッタージュ（frottage）とは、本来「こすること」を意味する。絵画の方法としては、木の葉や木目や布地のような凹凸のあるものの上に紙を置き、上から鉛筆などでこすって画像を得ることをいう。エルンストの作品として有名なのは『博物誌』（一九二六年）の連作など。→図八一ページ。

思議な形がうかんでいて、それがしつこくつきまとってきたり、幻覚を生んだという経験があります。それに類するものを見ているうちに、エルンストは幻覚にさいなまれはじめる。その木目がいろいろな形に見えてきて、いろいろな連想が生まれ、精神が過敏になってきたというんです。

エルンストはそこで何をやったかというと、紙を羽目板や床板の上にかぶせてこすってみた。子どものころにだれでもやっていそうなことですが、コインやブローチなんかのでこぼこした面に紙をかぶせて、鉛筆やクレヨンで上からこすってみると、おもしろい図形がうかんできますね。あれと似たことをやったんです。これがフロッタージュです。そうすると、そこにできあがったものは、たしかに自分が創造したものじゃなくて、むしろ自分を通じて、自分において創造されたもの、つまり客観的な創造物ですから、やっぱりオブジェだということになります。

こういう方法を用いたところからエルンストの美術論は出発して、結局、「自動記述」のような、あらかじめ何も考え

マックス・エルンスト

▲

振子の起源

フロッタージュ・1926年

『博物誌』より

79ページ参照。

◀

若き王子

コラージュ・1927年

▶

ここに恩寵の最初のタッチと、出口のないゲームが準備される。

コラージュ・1927年

『百頭女』より

77ページ参照。

ないでただ筆を走らせるデッサン・オートマティックとはまるでちがう方向で、しかも別の意味でオートマティックな、シュルレアリスム的な絵画の可能性を立証していったわけですね。そして、やがてエルンストはコラージュやフロッタージュをカンヴァスの上でおこない、油絵作品にも応用する方向へと進んでゆくようになります。

デペイズマン、瀧口修造と澁澤龍彥

エルンストがいったことは、シュルレアリスムだけではなくて、たとえば、それ以前のマルセル・デュシャンやマン・レイなんかが共有していたダダの考えかたにもそのままつながってくるわけで、この客観性、オブジェ性ということが、二十世紀美術のいちばん大きな方向のひとつかもしれない。それはある点からすると、作者がいないという考えにもなります。美術もまた「私」がつくるんじゃないということですね。むしろ、「私」を通じて何ものかがつくるんです。さっきいったように、ランボーのいった「オン・ム・パンス」、だれかが私を考えているという状況であらわれてくるのがオブジェだという見かたもできるわけで、エルンストは『絵画の彼岸』のなかで、自分の体験をランボーのそれに重ねあわせている。そんなかたちで彼は、文学と美術とを「通底器」にしようとしたんですね。

マルセル・デュシャンの場合は、何もつくらなかった。彼は『泉』[*46]という題名をつけて、男性用の便器をニューヨークで展示したとき、何もつくってはいない。ただ彼の「私」を通して署名ということがおこなわれて、それが作品になっただけでした。このレディメイド（既製品）もオブジェなんです。これは展示されたときに、いわゆる便器ではなくなる。使用価値としての便器であるならば、だれも不思議には思わないけれども、それが展覧会場に『泉』という題名で展示されたとき、まったく別のもの、オブジェになる。道具や使用価値ではない、ひとつの存在になったわけです。

そういうことがもとにあって、便宜上大きくわけると、シ

＊46　一九一七年にニューヨークのアンデパンダン展に出品された有名な作品。陶製の便器にデュシャンが題名とサイン（それも別人の）を付した。いわゆる「レディメイド」オブジェのはじまりである。↓図七一ページ。

ュルレアリスムの美術は二つの道をとるようになります。はじめに見た「自動デッサン」の流れがひとつ。そして、デュシャン、エルンスト以来ひろがっていったもうひとつの流れに、「デペイズマン」の方向があるでしょう。「デペイズマン(dépaysement)」はいま日本語としても一部で使われていますが、動詞ならば「デペイゼ(dépayser)」——この場合の「デ(dé)」は分離・剝奪をあらわす接頭語で、「ペイ(pays)」は「国、故郷」ですから、ある国から引きはなして他の国へ追放するというのがもとの意味で、要するに、本来の環境から別のところへ移すこと、置きかえること、本来あるべき場所にないものを出会わせて異和を生じさせることをいいます。日本語にはちょっと訳しにくいけれども、軽くいえば「転置」くらいの意味でしょう。この「デペイズマン」という方法の概念が、デュシャンのレディメイドのオブジェやエルンストのコラージュを説明するようになる。

「デペイズマン」[*47]はブルトンが使っている言葉で、マックス・エルンストの、もうすこしあとにつくられた『百頭女』

*47 デペイズマンについてブルトンは、「ただ空間を移動させる可能性ばかりを考えているわけではな

という「コラージュ・ロマン」のことはさっきいいましたが、これはたしかに小説としても読めるもので、百四十何枚かのコラージュ図版を順ぐりに読んでゆくと、それが一応ストーリーになっている。そのストーリーは謎めいていて言葉にはしにくいものですけれども、図版と詩のようなキャプションを通じて、なんとなくいろいろな筋書が読めてくる、ひじょうにおもしろいものですが、それの序文でブルトンが、「デペイズマン」という言葉を使っている。本来あるべき場所から物あるいはイメージを移して、別のところに配置したときに、そこに驚異が生まれるということ。そこで、あらゆるものの完全な「デペイズマン」の意志に応じて、「超現実」が得られるとブルトンはいうわけです。

この「デペイズマン」の発想は、シュルレアリスムの美術の一方の流れに大きな力をおよぼして、おそらく自動デッサンよりもずっとひろがりをもちます。「自動記述」からの類推で考えられるシュルレアリスムの美術は、もちろんアンドレ・マッソン式の「自動デッサン」だけではないんで、デュ

い」という。この方法がのちに、マグリットらの絵画の拠点となってゆくことを、エルンストは『絵画の彼岸』のなかで指摘している。

シャン、それからエルンストのはじめた作家の主観の介入しない、いわゆるオブジェと「デペイズマン」についてもまた、オートマティスムの延長上に考えられるようになります。だからといって「自動デッサン」が放棄されたわけではなく、第二次世界大戦後にも、デカルコマニー[48]を出発点としたものからマッタの四次元的抽象やアクション・ペインティングふうのもの、はてはアンリ・ミショー[49]のやったメスカリンを服用して描くデッサンまで、脈々とつづいていることはご存じのとおりです。

ついでに触れておきますが、そのオートマティックなデッサンを日本で実行していったのが瀧口修造です。戦前にもブルトン流の「自動記述」をある程度やっていたけれども、戦後になってからオートマティックなデッサンを再開して、さらにデカルコマニーなどをこころみながらもう一度オートマティスムにもどっていった瀧口修造の歩みは、シュルレアリスムをそのままうけついでいたものといえますね。

ただ、「デペイズマン」のほうはじつに多様な方法を生ん

＊48　デカルコマニーはシュルレアリスムのオートマティックな方法のひとつで、紙にグアッシュなどを塗り、その上に別の紙をかぶせてから手などでおさえ、はがしたあとにあらわれる偶然の形象を作品化するもの。一九三五年ごろにカナリア諸島出身の画家オスカル・ドミンゲス（一九〇六～五七）がはじめ、エルンストによって油絵などにも応用された。

＊49　アンリ・ミショー（一八九九～一九八四）はベルギー出身の詩人。一時シュルレアリストたちと交流。その特異なデッサンによって、すぐれた現代画家のひとりに数えられもする。

でいるので、今日ではシュルレアリスムの絵画は、とくに日本ではこれに関連する幻想絵画の延長としてとらえられることが多くなっており、ある意味では瀧口修造と反対の方向に進んでいます。日本における「シュルレアリスム」あるいは「シュール」の概念に影響をおよぼしたもうひとりの人物として、意外に思われるかもしれないけれども、澁澤龍彥[*50]がいるといっておきましょう。

澁澤さんは一九五〇年代からシュルレアリスムをさかんに称揚するようになっていたわけで、当時シュルレアリスムの影響をうけていた、あるいはそう自称していた若い美術批評家や詩人はたくさんいるけれども、こと美術の面については、澁澤さんのほうが本質的なものをとらえていたような気がします。ただしそれは、瀧口さんのようなオートマティスムを核心とする「シュルレアリスム」とはちがう、「デペイズマン」経由のシュルレアリスムです。おなじ平面の上で意外な二項が結びついている状態こそがシュルレアリスムだとまず考えたのが澁澤さんでした。澁澤さんは瀧口さん以上に広く

＊50　澁澤龍彥（一九二八〜八七）はサドの研究者として出発したが、そのきっかけは学生時代に読んだブルトンの書にあった。一九五〇〜六〇年代には主に美術の面で多くのシュルレアリストを紹介。『幻想の画廊から』（一九六七年）など。『澁澤龍彥全集』『澁澤龍彥翻訳全集』が河出書房新社から出ている。くわしくは後者第十四巻の解題、また『澁澤龍彥考』（同社刊）などを参照。

読まれるようになっていったので、そのせいもあってか、いわゆる幻想絵画の現代における流れが「シュルレアリスム」ということにされたりするわけです。

「デペイズマン」のシュルレアリスムとはどういうものをいうかというと、典型的なのはたぶんルネ・マグリットの作品でしょう。マグリットは一応レアリスムにもとづいて、林檎なら林檎をそれらしく写実的に描いている。タッチはいかにも微妙で平板でおもしろいけれども、その林檎がしかし思いがけない大きさで、そのうえ思いがけないところに置かれている、うかんでいるといった絵です。マグリットの作品の見かたは、もちろん彼の絵画空間そのものにすばらしい不思議があるけれども、まず明らかな要素は「デペイズマン」でしょう。彼のどんな絵を見ても、物はいつも本来あるべき場所にはなく、思いがけないところに置かれていたり、縮尺がちがっていたり、材質が変っていたりする、という「デペイズマン」絵画のひとつの典型がそこにあります。

マグリットの絵には、一見オートマティックなところがほとんど感じられません。少なくとも自動デッサン的な部分はまったくなくて、ある意味では計算しつくされており、レアリスムの手法にもとづきながらも意外なもの同士が結びついているという状況が、あの画面のなかで魔術的な力を発揮する。これは普通の意味では反オートマティックな絵画でしょうが、それでも不思議なことに、かつてブルトンのやった高速度の「自動記述」によって出現した、名詞同士が簡単な前置詞を媒介にして、あるいは無媒介的に併置されてゆく、オブジェたちの世界とよく似ています。そういうことからも、「デペイズマン」と「オートマティスム」とは相容れないものではないんですね。

それからまあ、サルバドール・ダリの作品なんかも、「デペイズマン」絵画の好例ではあるでしょう。ダリの絵画には、おそらく自動デッサン的な、非具象にむかう要素は何もないわけで、ダリはできたらむしろ伝統的な絵画の、スペインならば十七世紀のベラスケス[*51]ぐらいになりたいと思っていたらしいけれども、それは無理なわけです（笑）。十七世紀のス

＊51　ディエゴ・ベラスケス（一五九九～一六六〇）はスペインの大画家であるばかりか、ヨーロッパ絵画史上屈指の名手。マドリードのプラド美術館にある『侍女たち』などの作品は、若いころからダリの羨望・憧憬するところであった。なお、ダリとマグリットの作品については↓図一五ページ。

ペイン美術はある意味では最高水準まで行ってしまっていて、それ以後ベラスケスをこえる絵筆の技なんてちょっと考えられないんですが、とにかくダリはものすごい細密描写でそれにせまろうとしたりするわけで、このあたりは伝統主義的です。それにしても描かれているものはやはり「デペイズマン」のかたちをとる。澁澤龍彦はごく若いころにこのダリに魅かれたことがあって、その後もどちらかというと、「デペイズマン」系統のシュルレアリスムを好んでいましたね。

ところで瀧口修造のほうは、とくにジョアン・ミロを中心に彼のシュルレアリスム美術論を展開していきました。ダリを語ったり、アンリ・ミショーに共感をおぼえたり、その他いろんな画家に言及はするけれども、瀧口さんのなかにはデュシャンとミロとが二つの核としてあり、彼自身の体験からしても、「自動記述」と自動デッサンやデカルコマニーのような美術上のオートマティスムを連続させたもの、それがまさに瀧口さんのシュルレアリスムだったと思う。

ある意味ではそれを補うかたちで登場したのが、ほかならぬ澁澤龍彦でした。澁澤さんは「シュルレアリスム」の美術をかなり広範囲にとらえていて、たとえば『幻想の画廊から』のような美術書のなかで紹介していったわけですが、彼のとりあげた画家を見ると、ミロにはひとことも触れていないし、一九六〇年代にはデュシャンのことも、マン・レイのことも語っていない。澁澤さんは、見て何なのかすぐわかるいわゆる具象的な絵しかとりあげなかったともいえます。というのは、彼は一種のイコノグラフィー(図像学、絵画の意味内容をさぐる学)をやっているわけで、形や意味のある具象画じゃないと反応しないというところがあり、極端にいえば、パンチュール、ペインティング(塗ること)としての絵画というものがわからなかった人かもしれない。描かれている主題がどうであるか、そもそも何が描かれているかが問題なわけですから。

そうすると、澁澤さんのとらえたシュルレアリストの系列は、デ・キリコ[*52]あたりからはじまって、エルンストが別格ですが、あとはマグリットであり、ポール・デルヴォー[*53]であり、

＊52　ジョルジョ・デ・キリコ(一八八八〜一九七八)はギリシアに生まれたイタリアの画家で、一九一〇年代に「形而上絵画」を実現、「デペイズマン」の方向を決定づける。詩情と謎を秘めたその作品はシュルレアリスムの出発点でもある。↓図七、三一ページ。

＊53　ポール・デルヴォー(一八九七〜一九九四)はベルギーの画家。独特のエロティックな夢幻世界を描き、マグリットにつぐこの国の代表的シュルレアリストとみなされる。↓図九五ページ。

ハンス・ベルメール[*54]であり、マックス・ワルター・スワーンベリ[*55]なわけです。あるいは、シュルレアリスムの傍系といってもいいような、シュルレアリスムの本来の運動に加わっていなかったりシュルレアリスムに対して批判的でもあったような画家たち、レオノール・フィニ[*56]とか、バルテュス[*57]とか、あるいはピエール・モリニエ[*58]のような別口の人とか、そういう方向へ行ったわけです。

シュルレアリスムのその後、今後

ここでまたくりかえしますが、オートマティスムの実現も「デペイズマン」による具象も、両方とももちろんシュルレアリスムではあります。しかも両者が補いあったり融合したりしています。ですから「デペイズマン」の方向だけがシュルレアリスムということになってしまうと、どうも「シュール」というやつに横すべりしちゃう危険もあるわけで、「自動記述」によるシュルレアリスムの理論の基礎、つまり、シ

＊54　ハンス・ベルメール（一九〇二～七五）はポーランドに生まれたドイツの画家、人形作家。一九三六年の『人形』で注目され、翌年からパリに移る。のちに妻のウニカ・ツュルンを失い、自殺。

＊55　マックス・ワルター・スワーンベリ（一九一二～九四）はスウェーデンの画家。そのエロティックな装飾性にみちた作品は、ブルトンの「生涯の大きな出会い」に数えられた。

＊56　レオノール・フィニ（一九一八～）はアルゼンチン生まれのイタリア・フランスの女性画家。レスビアンふうの幻想的な画面は多くの支持者をもつ。

＊57　バルテュス（一九〇八～二〇〇〇）はポーランドの血をひくフランスの画家。伝統に立脚しながら、シュルレアリスムと共通するところのあるエロティックな画面を構成。今日では「大家」のひとり。

＊58　ピエール・モリニエ（一九〇〇～七六）はフランスの画家、人形作家。ブルトンによって世に紹介され、そのナルシシズム・フェティシ

ユルレアリスムによって芸術や文学の世界にはじめてもちこまれていたあの連続性の発想が、どこかで忘れられてしまいかねません。

世間ではたいていの場合、確乎とした現実があると思いこまれており、その現実以外のものは「非現実」として、別扱いされたり排除されたりします。「非現実」ではない「超現実」についてもおなじように考えられていて、そもそも「シュール」というと、それが「超現実」の訳として使われる場合でも、だいたいシュルレアリスムのいう「超現実」とはちがうことになります。むしろ「非現実」ととられやすい。その結果、なにか変なものが変なふうに組みあわされた幻想的なものが「シュール」だということにもなるわけで、現実とあまり対応していない、「現実ばなれ」といった意味あいで使われることが多いようです。

ところが、本来のシュルレアリスムによると、現実そのものが「超現実」のはじまりなんです。いわゆる「現実ばなれ」したところに幻想の場所があり、そのなかで主観が保全

ズムの極端な表現が一部に知られるようになった。女装狂。自殺。

される、密室のなかに逃避する、というようなものじゃありません。

そうすると今日、シュルレアリスムはそう容易にできることじゃないかもしれない。なぜかといえば、いまや「現実」のほうがものすごい力をふるってわれわれの想像力、創造力を規制してしまっている。われわれは「現実」と思いこまされているものによって、がんじがらめにしばられているともいえる。いわゆるヴァーチャル・リアリティ（擬似現実）なんてものまで、異様に現実的に浸透してきている。そんなとき、「超現実」はかえって見えにくくなっているのかもしれないからです。

そんなわけで、われわれの現実が「超現実」であってほしいと思ったとしても、なかなかそうは行かないということもある。ちょっと想像力が自由に動きはじめるようなことを経験すると、それをおさえてしまう、あるいはそれを既知のものや紋切型に置きかえてしまうシステムもできている。もしもなにか変なものがあらわれてくれれば、たちまち「現実」か

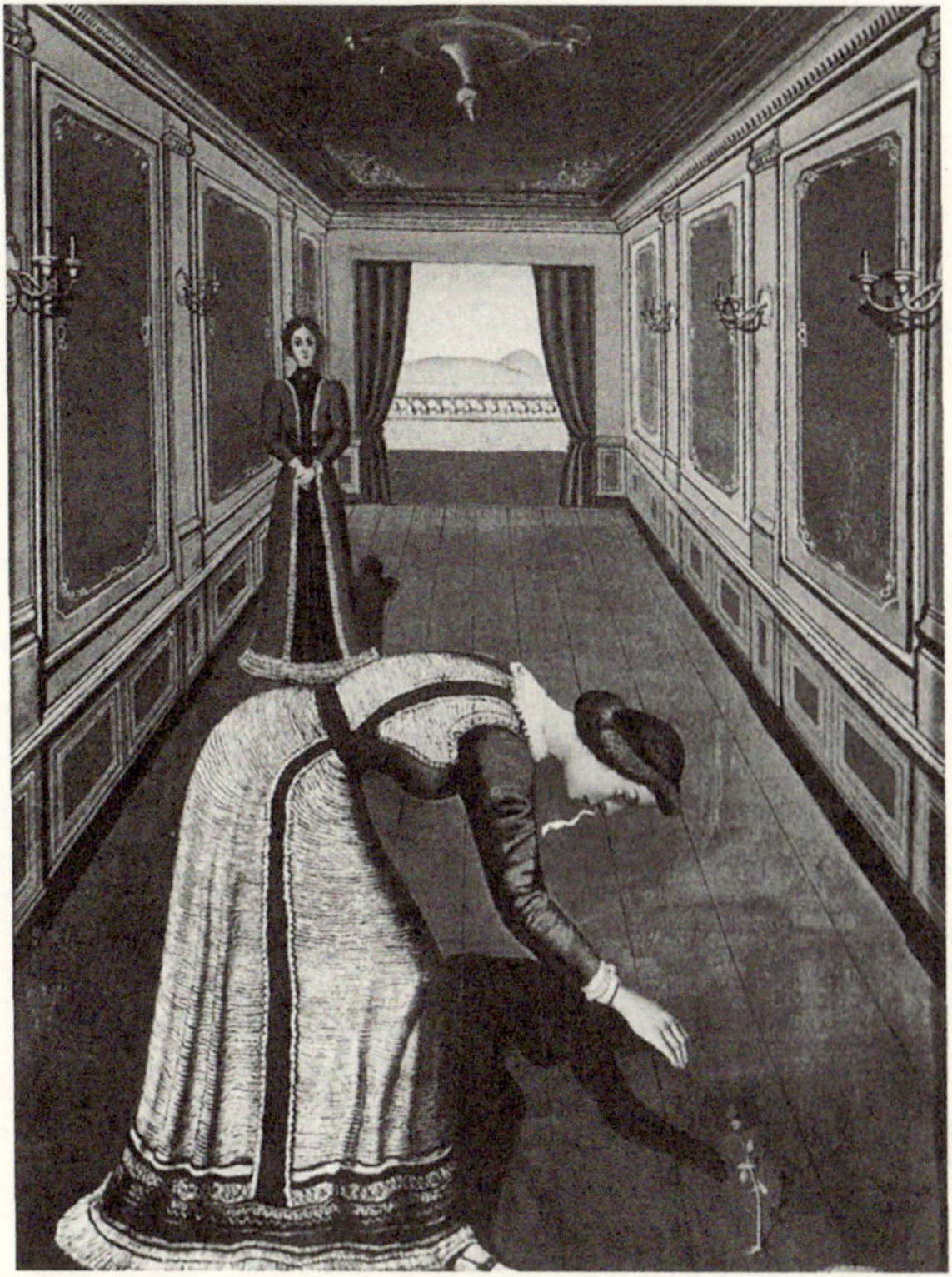

ポール・デルヴォー
女と薔薇
油彩・1936年

ら疎外されて、あれは「シュール」だとかいわれたりするでしょう。

つまり、別の領域にポンと配置されちゃうわけですね。そうすると、単に変なものということでおわってしまう（笑）。それは、いまの現実がたいして根拠のない思いこみの「現実」であるにもかかわらず、なにやら頑固な柔構造をそなえはじめているから、「超現実」は身近になったとかいわれていながらも、じつは感じとられにくくなってしまっている。これもまた現実なわけです。

そういうところから、シュルレアリスムはまた新たな動きをはじめます。どういうことかというと、要するに、「超現実」を手にする必要があるのならば、どうしても現実とかかわらなければならない。いわゆる「現実ばなれ」して、従来の幻想美術につきものだった別の世界に自分を隔離して、自分だけの密室にとじこもって、そこに幻想世界を守りつづければいいというのだったら、ことは簡単です。たとえば、ユイスマンス[*59]の『さかしま』の主人公のデ・ゼッサントみたい

＊59　ジョリス＝カルル・ユイスマンス（一八四八〜一九〇七）はフランスの作家。『彼方』（一八九一年）などによって世紀末の美学を体現。『さかしま』（一八八四年）の邦訳は徳間文庫にある。
＊60　アントナン・アルトー（一八九六〜一九四八）はフランスの演劇人、詩人。一九二四年末にシュルレアリスム運動に加わり、翌年には中

に人工的な部屋に入り、そこに自分だけの小さなユートピアを築きあげる。それこそは主観的な幻想の世界ですけれども、シュルレアリスムはそこへは行かない。連続性ということを知っているシュルレアリスムにとって、現実そのものが「超現実」に変容することが重要なのだとすれば、現実とつねにかかわっていなければなりません。

一九二〇年代には、マルクス主義のようなものがいわゆる「現実」を批判し否定する力をもっていたので、シュルレアリスムはそれと関連を保ったりもする。まもなく、アントナン・アルトー[*60]はそんな政治主義をきらってグループを離れる。他方、反対にアラゴンは転向して共産党のほうに移り、ルネ・クルヴェル[*61]は政治的問題が一因となって自殺し、ポール・エリュアール[*62]もアラゴンとおなじ道を歩みますけれども、ブルトンらの主力は、制度化された共産党とけんかして離れてから、トロツキー[*63]との関係をつづけてゆきます。そんなふうにして、彼らにはもともといわゆる政治的意識などなかったにもかかわらず、革命をめざす一勢力をつくろうとしたこ

心的な役割をになう。錯乱と覚醒のあいだを往き来する凄絶な作品をのこし、精神病院で死す。

＊61　ルネ・クルヴェル（一九〇〇〜三五）はパリに生まれた詩人、作家。デスノスとともに睡眠術の実験をおこない、初期シュルレアリスムの主力メンバーとなる。男色者であり、哲学研究者でもあり、自意識の苦悩を作品のうちにとどめる。

＊62　ポール・エリュアール（一八九五〜一九五二）はフランスの詩人。一九一九年にブルトンらと出会い、長くシュルレアリスムを代表する詩人のひとりとして活動したが、やがて共産党に転じ、第二次大戦中はレジスタンス運動に加わる。その作品は今日なお愛唱されている。

＊63　レフ・トロツキー（一八七九〜一九四〇）はロシアの革命家。スターリンに追放され、最後はメキシコで暗殺される。ブルトンは一九二五年ごろから彼に関心を寄せ、第二次大戦中にはメキシコで交遊、「独立革命芸術のために」という共同声明を出した。

ともある。

　運動としてのシュルレアリスムは、ある面では政治的なものでもありました。ブルトンのいいかたでは「現実は僅少である」（『現実僅少論序説』）わけだから、現実そのものを充実したもの、強度のもの、過剰なものにするために、ただ「超現実」を描いたり、「超現実」を夢みていい気持になるというのではなくて、「超現実」の思想にもとづいて現実を人間に奪いかえさなければならないと考える。その発想から、シュルレアリスムは社会的な視野をもつ運動になり、三〇年代なかばにはかなり戦闘的な動きを示します。

　ブルトンがジョルジュ・バタイユ[*64]とともに加わった「コントル・アタック」運動なんかもそうでした。やがて第二次世界大戦に、シュルレアリストたちはメキシコやアメリカに亡命して、さまざまに国際化してゆく。たとえばカリブ海のマルティニック島などの、いわゆるクレオール[*65]の文学・芸術・思想の新しい動きを促したりしている。戦後にはパリにもどったブルトンを中心に、「新しい神話」や「魔術的芸術」の

*64　ジョルジュ・バタイユ（一八九七〜一九六二）はフランスの作家、思想家。シュルレアリスムと一時的に協力関係をもったが、むしろその運動の除名者たちを組織する方向をとった。彼を中心とする「コントル・アタック」（反撃の意）は、一九三六年に展開された反ファシズム的な運動で、コミュニストのスヴァーリンやブルトン、ピエール・クロ

可能性をさぐる新方向を明らかにしながら、アナーキズム的・反スターリニズム的な政治的活動をつづけてゆく。そして一九六八年の五月危機あるいは五月革命では、没後二年目のブルトンの書物があちこちで蘇ったりしました。その後もいろいろありますが、とにかくそんなふうにして、シュルレアリスムは二十世紀の現実に対峙する大きな文学・芸術運動の流れとしてのこり、ある意味ではいまでもつづいているわけです。

　今回は入門篇ですから、何度も話をもとにもどしますけれども、そうした動向を追うときでさえ、とにかくはじめにあった「自動記述」の体験というものを見のがしてはならない、ということを強調しておきます。その体験については、『磁場』という本が出発点でしたが、もちろんシュルレアリスムは当時から理論をもっていたわけではなく、この体験から理論化までのあいだにいろいろと重要な探究の過程があったわけで、その過程はブルトンの『失われた足跡』[*66]という初期エッセー集などである程度わかります。そして、一九二四年の

ソウスキーなども参加した。

＊65　クレオールは本来、西インド諸島などのフランス旧植民地の住民、その独特の混成言語等をいう。とくに第二次大戦後に文学・芸術・思想上の一分野を形成してゆくが、その運動の初期にブルトンの影響がおよんでいたことは忘れられない。先駆者のひとりエメ・セゼール（一九一三〜二〇〇四）は「黒い」シュルレアリストと呼ばれることもある。美術の領域では、キューバ黒人の母と中国人の父のあいだに生まれ、のちにパリでシュルレアリスム運動に加わったヴィフレード・ラム（一九〇二〜八二）なども先駆的な存在である。

＊66　一九二四年、『シュルレアリスム宣言・溶ける魚』のすこし前に出た書物。邦訳は人文書院刊の『アンドレ・ブルトン集成』第六巻に所収。なお、美術を中心としたダダ・シュルレアリスムの通史として、マシュー・ゲール『ダダとシュルレアリスム』（邦訳、岩波書店刊）がある。

『シュルレアリスム宣言』が出る。これはさっき触れたように、もともと『溶ける魚』の序文として書きだされたという経緯もあって文章が屈折し、あっちへ行ったりこっちへ行ったりしている。その事情はブルトンの思想の内的な展開そのものになっているので、じつに魅力的な本です。その『シュルレアリスム宣言』の後半の『溶ける魚』という「自動記述」の物語集、これらがまず、シュルレアリスムの最初の典型的なテクストだったといっていいですね。

そんなふうに、自動記述から『シュルレアリスム宣言』までの五年間にいろいろなものが出ているので、それらをあらためて読みとってゆけば、シュルレアリスムの基本がもっとよくわかってくるにちがいない。たしかに、いまでは歴史的な事実になっているともいえることです。ぼくがいまこうやってまずその間《かん》の事情をわりあい簡単に説明してきて、説得力があったかどうかわかりませんけれども、そもそもみなさんが何か物を書こうというときに、シュルレアリスムの提示した問題は切実なものをふくんでいるので、「自動記述」の実験にしろ、あるいは「コラージュ」や「デペイズマン」にしろ、もっぱら文学史的に、美術史的に、過去のものとしてあっさり答えを出してしまうようでは、やはりちょっともったいないんですね。

ぼく自身は、シュルレアリスムをとにかくはじめから感じとってしまっていたところがあって、これは一種の運命みたいなことですけれども、いまでも感じとりつづけないわけにはいきません。それで実際上の書きかた・生きかたとかかわるようなとらえかたをしてしまっているわけですが、その立脚点を簡単な入門篇としてしゃべってみたら、まあ、今日みたいなことになったということですね。一応、とっかかりだけつくっておいたところで、とりあえず切りあげるとしましょう。

あと、時間不足で話せなかったその後の深化とひろがりについては、また別の機会に。ただ、おそらくここで肝心だったのは「超現実」の領域ということですから、次回はむしろ趣向を変えて、もうすこし昔にさかのぼって、同時にジャンルの幅をひろげて、できれば思いがけないところからシュルレアリスムにアプローチしてみようかな、というふうに考えています。

（一九九三年六月九日）

II
メルヘンとは何か

ギュスターヴ・ドレによるペロー「赤ずきんちゃん」の挿絵　銅版画　1862 年

今回は「メルヘン」、おとぎばなしをテーマにしてしゃべってみましょう。前回は「シュルレアリスム」の基本的なことをやったので、その延長として、どこかでそれと関連しているにちがいない「メルヘン」に話をひろげるわけです。次回はたぶん「ユートピア」をやることになると思うんで、そうすると、「シュルレアリスム」「メルヘン」「ユートピア」という片仮名言葉の三題噺になるでしょう。ちょっと意外に思われるかもしれませんが、なんとなく、ずばりというところもある三位一体ですね。しかも結局はシュルレアリスムに集約されていきそうな三つのもの。ただ、どの言葉も日本では本来の意味とはずいぶんちがう使われかたをしているようで、「メルヘン」についても、たとえば「メルヘンチック」なんていう日本独特の造語があるほどですから、なんだかフワフワした夢幻の世界みたいに思われている傾向も見えますけれど、ぼくがここで「メルヘン」というのは、それとはちがう文学の一ジャンルとしてです。

そもそもぼくはシュルレアリスムの専門家ということになっていますが、専門家というよりは、「シュルレアリスム」を通していろんな方面のことがらを見ている人物というほうが近いかもしれません。「メルヘン」のジャンルもけっしてシュルレアリスムと無縁のものではなく、どこかで連続しているものです。そのへんの事情をだんだん明らかにしていければおもしろいかなと思います。そもそも、物を書くということがシュルレアリスムの基本的な問いかけだったので、前回は「自動記述」をひとつのテーマとしてお話ししましたけれども、じつはそのこと自体、「メルヘン」とすこし関係があるんです。みなさんもそのへんに関心をおもちのようですから、「メルヘン」とはもともとどんな文学なのか、どのようにしてつくられ、文章化されていったのか、ということから考えていったらいいだろうと思います。

メルヘンと童話とのちがい

じつはぼくはいつも即興といいますか、オートマティックに物をいうようにできているものですから、この先どういう話に発展するかはわからないけれども、一応これは出てくるだろうという言葉をはじめにならべておきます。まず肝心の「メルヘン」とは何かということですが、これはもともとドイツ語の「メールヒェン（Märchen）」で、「お話」という意味です。「メルヘン」は日本語になっていて、少女の好む夢のような世界をいうこともあるけれども、本来はかならずしもそうではなくて、単に「お話」です。ただ、ここではそれに対応する日本語として、「おとぎばなし」という言葉を使いましょう。

これは「御伽噺」あるいは「御伽話」と書きます。そうすると、英語では「フェアリー・テイルズ[*1]（＝妖精物語）」が近い。フランス語ではおなじように「コント・ドゥ・フェ」、

＊1　英語のフェアリー・テイルズ（fairy tales）は妖精物語の意で、語源的にはおとぎばなしと同一のも

つまりフェ（＝妖精）のコント（＝お話）という言葉になります。

もちろん「メルヘン」すなわち「おとぎばなし」といった場合、ほかにも似たような別領域がありますから、それぞれをまず区別しておく必要があるでしょう。最近は専門用語として「昔話」[*2]という言葉が使われていますし、「民話」「神話」「伝説」「寓話」などもあり、また別のレヴェルで「童話」[*3]という概念もあります。これらはそれぞれ重なるところもあるけれど、ちがう概念です。メルヘンといった場合に子どもむきの文学を思いうかべる人が多くて、どうせそういう話をするんだろうと思ってここへ来られたかたがおられるかもしれない（笑）。ところが、メルヘンあるいはおとぎばなしは、もともとは子どものためのものではないんです。

事実、いまあげたジャンルのなかで、「メルヘン」からいちばん遠いものは童話でしょう。なぜかというと、童話は新しいカテゴリーだからです。童話、つまり子どものための文学は近代の産物で、ヨーロッパでは十八世紀以後のものでし

のではないが、現在では使われかたがよく似ている。フランス語のコント・ドゥ・フェ（contes de fées）もおなじ。

＊2　「昔話」は要するに昔の話のことだが、民俗学や文芸学や人類学の専門用語としては、一定の語りの様式をもった口承説話をいう。ペローのおとぎばなしなども、最近では「昔話」と訳されることが多い。

＊3　「童話」は江戸時代にも用例があり、山東京伝は「むかしばなし」、滝沢馬琴は「わらべものがたり」と訓じたらしい。もちろん今日では、ひろく子どものための文学を指す。ヨーロッパにもそれにあたる言葉がある。

ょう。十七世紀の後半に子どものために書かれた作品もありますが、だいたい宗教教育的なものが多く、童話がまともに文学史上にあらわれるのは、少なくともヨーロッパにかんするかぎり、十八世紀のことです。

　これは一見不可解なことに思えるかもしれません。というのは、どんな時代にも子どもはいたとみんな思っています。とくに日本では、子どもはいつだってあどけないもので、どの時代にも通用する子どもらしい特性、たとえば童心だとかいうものが信じられ、重んじられていたりもしますね。童話とは要するに子どものための話ですけれども、じつはそれが十七世紀ぐらいまではジャンルとして存在しなかったということ、その理由はいかにも簡単なことで、じつは「子ども」というものがいなかったからです（笑）。ヨーロッパでは十七世紀ぐらいまで、われわれの考えているような意味での「子ども」がいなかったということは、最近では歴史学のほうでもいわれているわけです。

　フィリップ・アリエス[*4]というフランスの素人歴史家の書い

＊4　フィリップ・アリエス（一九

いうユニークな本がありますが、これは広汎な資料調査にもとづいたかなり説得力のあるもので、すでに翻訳も出ています。『〈子ども〉の誕生』というのは、お母さんから子どもが生まれるという意味の誕生じゃなくて、「子ども」という概念の誕生です。われわれは「子ども」という言葉を使い、子どもはずっと昔からおなじ「子ども」だったと思いこみがちですけれど、そんなことはないんで、じつはぼくらのいだいている「子ども」の概念内容そのものが、おそらく近代の産物にすぎないということですね。

とすると、それまで「子ども」がいなかったというのはどういうことか。つまり、われわれがいま語ったり見たりしているような子どもはいなかったんですね。でも、「小さな人間」はいたんです。つまり大人の小型としての子どもがいたわけで、それよりもっと小さければ乳のみ子です。もちろん赤ん坊という概念は、保護しなければならない存在としてあったんですけれども、われわれが子どもという概念でくくっているような、たとえば十代前半までの特別な人間の種類と

一四〜八四）はフランスの歴史家。ソルボンヌで学んだが講壇には立たず、農業調査機関で働くかたわら独自の歴史研究をすすめる。『〈子ども〉の誕生』は学界に論争をまきおこした画期的な書物で、邦訳はみすず書房刊。

しての「子ども」はいなかったと。子どもはあくまでも大人の小型であって、大人とはちがう子どもという一領域をつくってはいなかったということになります。

それを立証するデータとしておもしろいのは、子ども服はどんな時代にもあったと思われるかもしれませんが、これも十八世紀にはじまったものだとアリエスはいいます。いまデパートなどへ行けば子ども服の売り場があって、大人は着ないけれど子どもには似あうと思われている色や形の、ひらひらやロゴで飾られた服をならべたりしていますけれども、そういうものは十七世紀まではまったく存在しなかった。子どもたちはほとんどの場合、ダブダブの大人のお古を着ていた。十五〜十六世紀の絵画などを見てみると、たとえばブリューゲル*5の絵に子どもたちが遊んでいる村の光景があるけれども、あの子どもたちの着ているものは、袖を途中から切った大人のお古だったりする。それから、子ども用に小さい服をつくるという場合にも、それは大人用とはちがうファッションではなくて、一時代前の大人の服みたいなデザインのものにな

＊5　ピーテル・ブリューゲル父（大ブリューゲル、一五二五／三〇〜六九）はフランドルの大画家。九十種類の遊びを描く『子どもの遊び』などがこの場合、参考になるだろう。→図左ページ。

▲
ピーテル・ブリューゲル父
子どもの遊び
油彩・1560年ごろ

▼
シャルル・ペロー『昔話集』初版本
「妖精たち」の口絵
左は乞食女の姿をした妖精、右は善いほうの娘だと思われるが、今日の感覚からするとあまり「子ども」らしくは見えない。154ページ参照。

っていたことがわかるといいます。

児童文学あるいは童話についてもこれと似たことがいえるでしょう。十七世紀までのヨーロッパでは、子どもに読ませるために特別につくった文学作品はなかった。じゃあ、本の読める子どもはどういう本を読んでいたのか、お話を理解できる子どもはどういう話を聞いていたかというと、大人のものを読んだり聞いたりしていた。そういうなかに、もちろんおとぎばなしに近いものもありましたが、だからといってそれは子ども専用ではなかった。したがって、おとぎばなしと童話とはまったくちがうジャンルです。

「子ども」というものがなぜ登場したのかを逆に考えてみると、たぶん学校ができたからなんですね。十五〜十六世紀ぐらいまでは一般庶民の行く学校はなかった。寺子屋みたいなかたちで、特殊な目的をもった、制度化されていない施設はあったけれども、いわゆる子どものための学校はなかった。

それでは教育はどのようになされていたかというと、貴族や大ブルジョワならば家庭教師を雇って住まわせたりしていたわけで、たとえば十六世紀の大作家、モンテーニュ[*6]などは六歳でギリシア語、ラテン語、ドイツ語などをマスターしてしまったとかいう。そんなかたちの教育がおこなわれていると、いわゆる天才も出てくる。モーツァルト[*7]なんかは十八世紀の人ですけれども、今日あういう天才が出にくくなっているとすれば、ひとつには学校があるからなんですね（笑）。義務づけられた子どものための学校がない時代であれば、子どもは一気に才能を伸ばすこともできるということでしょう。

普通の庶民の子どもがどういう生活をしていたかというと、ある時期まではヨチヨチ歩いていますが、物心がつくとすぐに手に職をつけるために徒弟奉公をしたりする。鍛冶屋《かじや》なら鍛冶屋で修業して、そこで仕事をはじめ、大人とおなじことを身につけてしまうから、まもなく大人とそう変らなくなって、小さめの大人といったような人間ができます。シェークスピア[*8]なんかを読んでいても、十代なかばで結婚といった話がときどきありますから、昔の人はいまよりも早熟だったともいえる。早目に大人になっていた。

＊6　ミシェル・エイケム・ド・モンテーニュ（一五三三〜九二）はフランスの作家、モラリスト。『エッセー』の著者。ボルドーの城館で一種の天才教育をうけて育った。

＊7　ヴォルフガング・アマデウス・モーツァルト（一七五六〜九一）は五歳で作曲をこころみ、六歳でピアニストになったといわれる。

＊8　ウィリアム・シェークスピア（一五六四〜一六一六）の戯曲、たとえば『ロミオとジュリエット』では、ロミオは十四歳、あるいはそれ以下ということになっている。

逆にいまの社会、とくに日本の場合には大学への進学率が異様に高かったりするわけですが、学校へ通う年数がふえるほど人間は幼稚になるともいえる（笑）。学校に行っているあいだは子どもとして保護され統制されてしまうから、大人になるのが遅くなるわけです。これは逆説のようでもあるかもしれないけれど、子どもがカッコつきの「子ども」になったのは、たしかに近代のことであるらしい。

脱線ついでにいっておきますと、ミシェル・フーコー[*9]の本なんかでもわかるように、犯罪者が登場したのは監獄ができたからだということになるかもしれない。また彼の『狂気の歴史』から考えれば、精神病者という概念が生まれたのも、じつは精神病院ができたからでしょう。もともと狂人はフランス語では「フー（fou）」、英語では「フール（fool）」ですけれども、それは単なるバカとか道化とかを意味する言葉でもあるわけで、たとえば、この部屋のように人がたくさん集まっているところがあれば、そのなかにはたいてい「フー」がいた（笑）。そのちょっとおかしな人をいわゆる差別はせ

＊9　ミシェル・フーコー（一九二六〜八四）はフランスの思想家。『監獄の誕生』や『狂気の歴史』『言葉と物』などの主著は、いずれも新潮社から邦訳が出ている。

ず、区別せず、むしろ神のあたえた一種の贈り物として迎えるような社会が中世にはあったようで、狂気はむしろ必要だった。ところが、精神病院というものができて制度化されてしまうと、狂人をそこへ収容し、そこではじめて精神病者というものが生まれる。アンドレ・ブルトンも『ナジャ』[*10]のなかで、ナジャがいわゆる狂気の発作をおこしてつれさられたあとで、精神病者をつくるのは精神病院なんだといっていますね。

「子ども」に話をもどしますと、学校制度ができてそこへ子どもが入れられるようになってから、はじめて「子ども」という種族が生まれて、子どもはこうあるべきだ、こうあらねばならぬというようなことにもなる。監獄や精神病院と似ています（笑）。それで子どもの期間がだんだん長くなって、気がついてみると、いまの日本では二十歳すぎまで子どものような扱いをうけたり、うけたがったりする。大人にならないし、なれない。そうすると、十八世紀にはすでにそういう「子ども」にわかる特別の文学が必要になっていましたから、

＊10　『ナジャ』については本書の第一章を参照のこと。邦訳は白水Uブックス（一九二八年版）、岩波文庫（一九六三年の著者による全面改訂版——近刊）。

はじめて童話[*11]が生まれたわけです。

つまりシステムのほうが先だったということで、したがって、古くからあるおとぎばなしと童話とはまったく別のものなんです。

おとぎばなしの発生

「おとぎばなし」、昔話は、童話よりずっと古い口承の文学形態で、中世、古代、あるいはもっとさかのぼって、人間の文化の発生以来あったと考えることさえできそうなものです。文学的に誇張したいいかたをすると、文化そのものにおとらず古いジャンルかもしれません。一方の童話は近代の産物であり、あえていえば、近代の人間の特徴としてある「私」、自我というものがはっきりしてからの文学形式です。もちろん、ある種のおとぎばなしは童話として生きのびていますから、両者はダブっているところもあるけれども、基本的にまったくちがいます。

*11 童話を意図した最初期の本格的な作品集として、フランスのルプランス・ド・ボーモン夫人（一七一一～八〇）の「子ども文庫」（一七五八年）のようなものを考えてよいかもしれない。有名な「美女と野獣」もそこにふくまれていた作品。

ここで日本語の「おとぎばなし」のほうの定義を見ておきますと、「とぎ（伽）」が鍵でしょう。簡単にいえば、「とぎ」とは暇なときに相手をするということです。長い夜の時間に貴人、たとえば光源氏かだれかの相手をずっとする。昔は「とぎ」をするための女官がいたりした。朝までいっしょに添い寝をすることも「とぎ」、「夜とぎ」です。『広辞苑』を見ると、「とぎ（伽）」は「①相手をつとめること。つれづれをなぐさめること。②夜のつれづれなどに、そばにいて話の相手をすること。また、その人。③寝所に侍ること。また、その人。④看病すること。また、その人」というふうに出ています。つまり、暇な時間をつぶすためにそばにいて相手をすることで、これに「夜」がつけば「夜とぎ」となって、多分にエロティックな意味あいにもなる。

おとぎばなしが暇な時間につれづれを慰めてする話だとすると、その暇な時間というのは何か。とつぜん話をさかのぼらせますが、人間が暇な時間をもつようになったというのは、おそらく農耕がはじまってからでしょうね（笑）。狩猟民だった時代には、そうおちおち暇ではいられなかったはずです。いつも危険にさらされながら、森のなかなどを移動していたはずです。ところがあるとき、どういうわけか植物を育ててそれを食べる農耕というものがはじまり、それによって人間は定住をおぼえた。メソポタミアかシリアかパレスティナあたりで、紀元前一万年よりも前に農耕がはじまっている。それまでウロウロしていたのが、森の外のとある場所に定着し、そこで小麦を育てる人々があらわれた。そうすると、また飛躍しますが、農耕というのは昼間に作業をしてしまうので、帰ってきてから暇ができる。夜の時間、あるいは農閑期があればその暇なときに、集団のなかで話をするという習慣ができる。あくまでも想像ですが、まあ、そんなふうに思いをめぐらしてみれば、「とぎ」と「はなし」の関係は漠然とわかってくるかもしれない。

いまでは多くの学者は「おとぎばなし」という言葉を使わずに「昔話」といっていますが、ただ、昔話といういいかたですと、単に古い話という意味にとられる可能性があるから、ぼくは「おとぎばなし」のほうで通してしまいます。「昔話」と「おとぎばなし」は学問上は共通した概念だけれども、一般には昔話のほうが言葉の意味が広いような気がする。もうひとつ「民話」も似ていますけれども、これはむしろフェアリー・テイルズではなくてフォーク・テイルズでしょうね。[*12]いわゆる民間伝承ですが、おとぎばなしは民間伝承にかぎらない、専門の文学者によって文章化された作品を意味することも多いので、ちょっと概念がちがいますが、たぶんさっきならべたもののなかではいちばんおとぎばなしに近いものでしょう。

「神話」「伝説」「寓話」あたりになると、また別のジャンルです。どこの国にもある文学形式ですけれども、こういうのもみんな古い古いものです。農耕をはじめてから人間に暇ができたとさっきいいましたが、「農耕」は英語で「カルチャー(culture)」、フランス語で「キュルチュール(同)」ですから、これは同時に「文化」という意味でもあるんですね。

＊12 フォーク・テイルズ(folk tales)は民衆のあいだに口伝されてきた話のことで、「民話」の原語のひとつ。フランス語ならコント・ポピュレール(contes populaires)にあたるだろう。

「農耕」と「文化」をおなじ言葉でいっている。おなじものだといえるところもある。農耕がはじまって暇な時間ができて、文化が根づいたところから、これらの文学形式がだんだん芽ばえてきたわけです。

まあそういう太古をめぐる想像はともかくとして、これらのジャンルに共通しているのは、もともといわゆる作者というものがなかったということですね。少なくとも個人としての作者はいない。われわれの考える「作者」という概念についていえば、近代的な意味でのお話は特定のだれかがつくることになっている。その場合、われわれは「私」、自我をもっていて、自我をもった人間が何かを書こうとして書くわけだから、その作品は自我からの創出ということになります。もちろんそこには自我を超えた集合的な要素がつけくわわってきて、なにか普遍性のある文学作品が生まれてくるんですが、おとぎばなしも神話も伝説も、基本的に作者がいない。だから、そこには自我も反映していないわけです。

「おとぎばなし」のことをいえば、もちろんそれは人間がつくったものだけれども、この場合の作者はむしろ集団的です。いまから何百年か何千年か前に焚火《たきび》かなにかしているときに、たとえばだれかがふと思いついて話をして、それがその人の作品として記録されておとぎばなしになった――というふうには考えられないんですね。

つまり、いわゆる個人がつくった話ではない。で、そんな時代、夜にはたいてい火があったでしょう。すこし時代がすすめば暖炉がある。日本なら囲炉裏《いろり》でもいいですが、そのまわりに人間が集まって長い時間をすごす。そうすると、こういう出来事があったという話が出たり、いろいろなことを報告しあったりしているうちに、それが徐々に、数十年、数百年という年月をへて積みかさなったり枝葉がついたりして、ある一定の物語ができていったんでしょうか。これも想像であって厳密な再現ではありませんけれども、ただ、この種の話がだれかひとりのつくったものではなく、集団のなかから自然発生的に生まれてきたものだということがいいたいわけです。

「眠れる森の美女」の例

ところでおとぎばなしを読んでいると、なにか不思議な感じのすることがありますね。ぼくも全訳を出しているシャルル・ペロー[*13]の『昔話集』にあらかじめ目を通しておいてくださいといったのは、その不思議をあらかじめ感じておいていただきたかったからです。ペローのおとぎばなしといっても、もともとペローがつくったわけではない。ペローがフランスでおとぎばなしを文章化したのは一六九五年あたりからで、ドイツのグリム兄弟[*14]のメルヘン集があらわれるのはそれよりも百年以上あとの一八一〇年代です。この二つがヨーロッパのおとぎばなしの古い代表的な記録例ですけれども、もちろんそれ以前にも、いわゆるおとぎばなしというよりは奇談に近いアラビアン・ナイトふうのお話を記録した人がいて、たとえばナポリ王国のジャンバッティスタ・バジーレ[*15]が十七世紀の前半に出した『ペンタメローネ』なんかもそうなんです

＊13　シャルル・ペロー（一六二八～一七〇三）はフランスの詩人、作家で、当時の「近代」派。乳母の話などをもとに『昔話集』（一六九七年）をまとめた。韻文のものをふくめて十一篇。その全訳はもと講談社文庫の『眠れる森の美女　完訳ペロー昔話集』（ちくま文庫より近刊）。

＊14　グリム兄弟は兄がヤーコプ（一七八五～一八六三）、弟がヴィルヘルム（一七八六～一八五九）。ともに言語学者・文献学者だが、とくに『子どもと家庭のためのメルヘン集』（一八一二～一五年）によって知られる。邦訳は岩波文庫など。

＊15　ジャンバッティスタ・バジーレ（一五七五?～一六三二）のナポ

が、おとぎばなし集の著者というのは採話者あるいは再話者であって、いわゆる「作者」ではありません。

ペローのおとぎばなしとして知られているたとえば「眠れる森の美女」[*16]も、ペローがつくったわけじゃなくて、長いこと文章化されないかたちで民間に語り伝えられていたものを、ペローがはじめて文章のかたちに定着させたにすぎない。ただし、ペローはそれを自分の作品として発表する以上、彼の「私」、彼の近代的な自我においてアレンジしましたから、ペロー特有の創作の部分が語り伝えられてきた部分に混入しています。その両方を区別することはむずかしい場合もありますけれど、ある程度の判別はつきます。

それでその「眠れる森の美女」を読むと、なんだか不思議な印象をうける。たとえば近代の小説を読んでいるのとはちがう感覚。出来事は不思議なことばかりおこるし、登場人物の心理、主人公の心理というものがほとんど描かれていない。ただお話が運命にみちびかれるように先へ先へと進んでいってしまう。それでいてなぜか懐かしいいし、何かわれわれ自身

リ方言による昔話集『物語のなかの物語、すなわち幼き者たちの愉しみの場』(一六三四〜三六年)は、『ペンタメローネ(五日物語)』とも呼ばれ、バロック文学の特徴を示す。最近、邦訳が大修館から出た。

*16 「眠れる森の美女」はペローの綴った物語の題名。類話はグリム兄弟のメルヘン集にもあるが、こちらは「いばら姫」といい、筋書がだいぶちがう。のちにディズニーのアニメーション映画が『眠れる森の美女』として紹介されたが、そのストーリーはじつは「いばら姫」によったもので、ここに混同が生じた。「眠れる森の美女」はもともと人食い鬼なども登場する奇談である。
→図一二五ページ。

にとって重要なことを語っているような気がする。われわれはメルヘンを読んだときにそんな感覚を味わうんですね。

なぜそんなふうになるのかというと、やはり作者がいなかったということがひとつの要点だと思います。個人の自我から出発したものではないから、集団的な、ときには普遍的な、どんな時代や場所の人間にも共通する何かを語っているということもありうるでしょう。

「眠れる森の美女」では、姫が生まれたときに妖精たちからいろいろな予言のプレゼントをさずけられます。ところが、十四歳になったら手を紡錘《つむ》にさされて死んでしまうだろうと、悪い妖精が悪い予言をする。そうすると、善い妖精が姫を救おうとして、その予言をとりけすことはできないけれども修正することはできるといい、死にはしないが百年間の眠りにつくであろうと予言を訂正する。姫は十四歳になると、その予言のとおり紡錘にさされて百年間の眠りにつく。それまでに彼女がどう思い悩んだか、なんていうことはひとことも書かれていない（笑）。

▲
エドモンド・デュラック
挿絵「眠れる森の美女」

▼
同「サンドリヨン」
いずれも1910年にイギリスで出たフランス昔話集による。なお「サンドリヨン」については134ページ以下を参照。

おとぎばなしとはそういうものですね。たとえ悲しんだり悦んだりする場面があったとしても、それは「かつてないほど悲しみました」とか、「たいそうな悦びようでした」とか、紋切型の形容たったひとことですませてあって、どういう個別的な悲しみや悦びだったかは何もいわない、つまり、人間の心理の細部が反映しないように語られているのがおとぎばなしです。そのことは個人というものから発していない、集合的な、人間の集団のなかから生まれた自然発生的な文学だという性質に由来するように思えるんです。

神話・伝説・寓話とおとぎばなし

もっとも、これだけではおとぎばなしを定義したことにはなりません。神話についても伝説についても似たことがいえるからで、それでは神話とおとぎばなしとはどうちがうかというと、これも案外、区別はつきやすい。神話は、天地や事物の起源とか、ある民族なら民族、国なら国の発生にかかわるものがほとんどです。日本の『古事記』に記されている物語は、多くの場合、神話でしょうね。そして、神話の主人公にはたいてい名前があります。ヤマトタケル[*17]ならヤマトタケルという名前があって、それはときにはある集団、ときにはある国家のシンボルにもなってしまいます。民族的な規模で、国なら国、民族なら民族の発生を描くだけではなくて、神話は宇宙的な次元での事象の発生をも描きます。エジプト神話によれば、女の神ヌートと男の神ゲブが天と地としてセックスをしていて、二人が離ればなれになったときに天と地がわかれたというふうになる。天と地がどのようにして生まれたか、太陽、月、星、ある動物や植物はどのようにして生まれてきたか、事物の根源を説明するお話として語られることの多いのが神話です。ときには民族なら民族のアイデンティティーとかかわることもあるのが神話の特徴です。

おとぎばなしはそういうものとはほとんど関係なく、事象の原因・結果を説明することには無感覚で、すべて突発的、偶然的に出来事がおこります。しかも、主人公には名前があ

＊17　ヤマトタケルは『古事記』（八世紀はじめに成立）では日本武尊と表記される日本の代表的な神話的「英雄」。

りません。ペローのおとぎばなしで、「眠れる森の美女」におとらず有名なものに、「サンドリヨン」がありますね。日本では英語にならって「シンデレラ」と呼ばれていますが、フランス語で「サンドリヨン（Cendrillon）」は「灰まみれの少女」といった意味です。英語にするときに「灰」という言葉を使えばよかったんでしょうが、「アッシュ（ash＝灰）」では「サンドリヨン」と似ていないせいもあったのか、「シンダー（cinder＝燃えかす）」という言葉とつながる「シンデレラ（Cinderella）」という名前にしてしまった。これでは「燃えかす姫」です（笑）。「サンドリヨン」のもとにある「サンドル（cendre＝灰）」はひじょうに豊かなシンボリズムをもったものですから、こちらの名前のほうがいいんですけれども、ともかく、これは名前ではあっても、もともとが普通名詞なんで、だれか特定の女の子であるよりも、家でしいたげられて灰にまみれている女の子ならばだれでもいい。つまり近代的な意味での名前ではありません。

他方、これに似た話は世界中にいくらでもある。十九世紀末にすでにそういう研究がおこなわれていて、三百四十五種類だかの「サンドリヨン」が世界に存在することをイギリスのコックス女史という学者が書いていますが、日本の「鉢かづき」[*18]なんかも似ていますし、ヨーロッパでもいろいろな国にいろいろな「サンドリヨン」がいる。つまり、民族のアイデンティティーとは関係がありません。

これも不思議なことですが、では、なぜ似たような話が遠く離れた別の国にあるのか。中南米にコロンブス以前の昔からの伝承があったとして、それを調べてみるとヨーロッパのものとそっくりだとか、日本の話がアフリカのおとぎばなしとおなじプロットだとか、そういうことがよくおこる。それがまたおとぎばなしの特徴のひとつで、いわば遍在的なんです。それはなぜかということの研究もあって、かつてのフィンランド学派[*19]のものが有名です。北欧の国におとぎばなしを研究する伝統があるのは、夜が長いことと関係がありそうですけれど、ともあれ、そのフィンランド学派によれば、結局、似たような話があちこちにあるのは、どこか世界のある場所

＊18　「鉢かづき（鉢かつぎ）」は室町時代に成立したと見られる継子物語のひとつ。『御伽草子』にふくまれる。前記コックス女史の『三百四十五の類型から見たシンデレラ、猪の皮、藺草の頭巾』（一八九三年）にはこの昔話への言及があるらしい。なお、ペローのサンドリヨンについては ↓図一二五ページ。

＊19　フィンランド学派は民俗学の一派で、ユリウス・クローンの「歴史・地理学的方法」を基礎とする。柳田国男もこれに注目していた。

で、たとえば九世紀の中国で「サンドリヨン」という話が生まれたとすると、それが長い時間をかけて伝播して、世界中にひろまっていったのだという解釈です。

もうひとつ、それと正反対のことをとなえる人々もあり、それによると、おとぎばなしは人類の歴史上のある時期に、世界中のさまざまな場所でおなじようなことを考えるという事情が生じて、そのことを語るためにできた文学形式らしいというわけです。したがって、自然発生的にいろいろな場所に似たような話が出てくるのがむしろ当然で、これは民族同士、人間同士の共通性のあかしのようなものだということになるかもしれません。というのはもちろんある歴史上の時期の話であって、たとえば現代社会ではそんな事態はまずありえないだろうけれども、ある時期に人類は共通する何かを体験していたので、それが自然発生的にいろいろなところでお話のかたちでのこされたのではないか。これも想像ですけれども、そんなことをいいたくなってくるんですね。

まあそんなわけで、神話とおとぎばなしとはちがいます。

神話は国や民族によってかなりの差がありますし、宗教と結びつく度合が大きいですから、それがどういう宗教かによってもちがってきます。ところが、おとぎばなしの場合はいわゆる宗教性も稀薄で、世界中に似たような話がいわば平然とひろまっている。ただひとつつくりだされたお話が世界中に伝播したのか、それとも、世界中で同時期に似たようなお話が生まれたのか。じつはどっちもありそうなことなんですね。ぼくは両方あるだろうと思います。同時に生まれることもありうるし、伝播したケースもありうる。ただ、どちらにしてもいえることは、おなじような筋書で何百年、何千年ものこっていくような基本的な枠組をもった物語こそがおとぎばなしである、という事実ではないかと考えられます。

「昔々あるところに……」

ところで、これもフィンランド学派がいったことだと記憶していますが、おとぎばなしは文章のかたちに書かれていないで、おじいさんやおばあさんが子どもに話し、子どもがまた大きくなって別の人に話すというふうに、長いこと口承で伝えられてきたものだろうけれども、その間《かん》、驚くほど話の内容が変化しないものだというんですね。ときどきだれかが筋書を変えちゃうということはありうると思えますけれども、それでもなお、お話の基本的な構造は変らないのがおとぎばなしの特徴だともいえるらしい。

とすると、なぜそんなことがおこるのか。それは逆にいえば、人間にとって、少なくともある時代に必要な話だったからでしょうね。必要というのは、日常的な意味での必要性とはちがって、人間の精神にとって基本的に必要な何かがそこには語られているがゆえに、それを人間は消さないし、大きく変えもしない。だから生きのびてきたんだというふうにも考えられるでしょう。

もうひとつ、こんどは伝説をおとぎばなしとくらべたときにいちばんはっきりちがっているのは、伝説は具体的な実在の土地や人間と関連しているということです。たとえば、戦国時代の丹波の国で、といったいいかたになる。あるいはドイツの『ニーベルンゲン・リート』[20]を見ると、中世のゲルマニアを舞台にブルグンド（ブルゴーニュ）だとかエッツェル（アッチラ）だとかいう固有名詞が登場しますが、そういうふうに、固有名詞のもとにさかのぼれることの多い物語で、ある土地で実際におこったことが出発点になっているのが伝説でしょう。日本にも伝説はたくさんあります。東京のぼくがいま住んでいるところの近所の代田という地名は、ダイダラボッチという巨人がのしのし歩いた跡が窪地になってのこっているからだといわれたりします。つまり、ある地名を説明したり、実際にいた人間、たとえば義経なら義経のやったことに関連して伝説がある。少なくとも半分以上は土地に結びつき、時代に結びついているのが伝説でしょう。

ところが、おとぎばなしの世界には固有名詞があらわれない。おとぎばなしは語りだしからして時代も場所もかぎっていない。「昔々あるところに」と非限定の時間空間をつくったうえではじまるんですから、なんとも不思議な文学形式だ

*20 『ニーベルンゲン・リート』は中世ドイツの伝説で、一一九〇年から一二〇四年にかけて成立したもの。英雄ジークフリートを主人公とする。岩波少年文庫版『ニーベルンゲンの歌』など。

と思いますね。「昔々」はどんな時代でもいい。「あるところ」はどんな場所でもいい。たとえば、十五世紀のブルゴーニュのディジョンの町でという書きだしだったら、それはまずおとぎばなしではない。おとぎばなしは時間も空間も非限定であるというところに大きな特徴と魅力があります。

それだけではなく、主人公の名前までも非限定。神話や伝説の場合、日本のヤマトタケルとかギリシアのダイダロス[21]、あるいはフランスのメリュジーヌ[22]のような意味深長な名前もありますが、おとぎばなしではたいてい「昔々あるところに、王さまとお妃さまがいました」といった具合で、その王さまやお妃さまに名前はありません。

それでも「サンドリヨン」は名前じゃないのか、という人がまだいるかもしれない（笑）。さっきいったとおり、これは「小さなガラスの靴」という副題とともにのこり、英語では「シンデレラ」になりましたが、お話を読んでみれば彼女にはもともと名前がないことがわかる。いつも継母《ままはは》や継姉妹たちにいじめられて、暖炉の灰の上にすわっては休息をとっ

＊21　ダイダロスは「名工」の意。天才的な工人・技術者で、クレタ島の迷宮をつくったとされる。今日ではそのフランス語形デダルが「迷宮」をも意味する。

＊22　メリュジーヌは中世リュジニャンの伝説の妖精で、蛇の下半身をもつ。美女の姿になってポワトゥ伯レーモンダンと結婚したが、やがて正体が知られ、妖精界へ去る。その名は「リュジニャンの母（メール－リュジーヌ）」の意だとも伝えられるが、各説ある。拙著『幻視者たち』（河出書房新社刊）『ナジャ論』（白水社刊）を参照。

た。フランス語で「灰」は「サンドル」ですが、そういうわけでいつも灰で汚れていたために姉さんがばかにして、あんたなんか「サンドリヨン(灰娘)」だよという。もうひとりの姉さんは「キュサンドロン」だと、もっとひどいことをいう。「キュ」はお尻ですからこれは「尻灰かぶり」あるいは「灰尻娘」で(笑)、普通名詞から出た綽名《あだな》です。おとぎばなしの主人公の名前はほとんどの場合、固有名詞ではなく普通名詞なんです。

ペローの「親指小僧」も、体が小さいからそう呼ばれる。「赤ずきんちゃん」も、赤いずきんが似あったから「赤ずきんちゃん」と呼ばれる。「眠れる森の美女」には名前はなく、「お姫さま」としかいわれません。「長靴をはいた猫」は、ただの「猫」あるいは「猫先生」「猫親分」です。それに、おとぎばなしには特定の時間も空間もない。なんという不思議な文学かと思います。日本では「昔々あるところに……」といいますが、それとそっくりのいいかたがヨーロッパ各地にもあります。英語だったら「Once upon a time, there was (were)……」となる。「ア・タイム(a time)」だから「特定の時代ではないある時代」で、「ゼア・ウォズ……」のあとの王さまやお妃さまには不定代名詞がつきます。フランス語だったら「Il était une fois……」または「Il y avait une fois……」ですが、「ユヌ・フォワ(une fois)」は特定の時代ではない「昔々」です。ペローのおとぎばなしを訳すときも、まず最初に「昔々あるところに……」と訳す。だから、おとぎばなしイコール「昔々あるところに……」の物語です。

こうやっていくつかの特徴を羅列してくるうちに、だんだんわかってきました。おとぎばなしとは時代と場所が非限定であるような文学形式で、主人公の名前も非限定です。「ジャックと豆の木」のジャックはどこにでもある名前で、普通の少年の意味もあります。あまり特殊な名前ではまずいわけです。日本でも「太郎」といった名前が多い。あるいは「一寸法師」のような綽名です。時間・空間に加えて人の名前も非限定だというのがおとぎばなしの特徴で、これは神話・伝説とははっきりちがいます。

寓話ともちがいますね。『寓話』はイソップつまりアイソポス[*23]という個人が書いたことになっているけれど、あれは集団だという説もある。イソップは奴隷でフリークだったという説もあり、ベラスケスの絵を見ても不気味かつ魅力的な存在ですけれども、もちろんあれは想像図です。イソップが特定の個人だったかどうかわからないとすれば、寓話も自然発生的なものかもしれません。イソップの寓話は紀元前六世紀ぐらいに形成されて、寓話という訳語に見るとおり、寓意を語っている。人間はこう生きなければならないとか、こういうことをしてはいけないとか、もともと教訓的にいいたいことがあって、そのために生まれたお話です。イソップの「アリとキリギリス」であれば、アリは毎日一所懸命に働くけれど、キリギリスはいつも歌っていて働かないでいるので、あとで損をする。寓話はほとんどの場合、合理的に組みたてられているもので、多くは擬人化された動物たちの世界であり、教訓をあたえることを目的とした文学です。

ところが、おとぎばなしには本来の意味での寓意はありま

*23　アイソポスは紀元前六世紀ごろのギリシアの寓話作家とされるが、その生涯についてははっきりしない。『寓話』は擬人化された動物が登場するもので、四百篇ほどのこっている。ローマのファエドロスが一世紀に集成して以来、世界中に多くの再話を生んだ。

せん。どのように生活しなさいと説教しているふうにはとうてい思えない。たとえば「青ひげ」というお話を考えてみても、あそこにどんな教訓があるだろうか（笑）。世の中には自分の奥さんを殺してしまう髭の青い人がいますなんて、ちっとも教訓になりません。ただ、ペローは自分でいろいろ考えて、それぞれのおとぎばなしのうしろに教訓をつけました。なぜかというと、十七世紀のフランスでは教訓をつけることがはやっていたんで、寓話の伝統にしたがった。有名なラ・フォンテーヌ[*24]の『寓話詩』はイソップをもとにした教訓談ですが、ペローはその形式を借り、詩のかたちで教訓をつけくわえた。けれども、民間伝承としての「おとぎばなし」の原形には教訓はついていません。だから寓話ともちがうもので、逆にイソップやラ・フォンテーヌの作を、おとぎばなしに分類することはできないんですね。

そうすると、おとぎばなしという不思議な文学形式のことがもう大方わかってきたような気がします。作者がいなくて、人間の集団のなかから自然発生的に生まれ、世界のあらゆる

＊24　ジャン・ド・ラ・フォンテーヌ（一六二一～九五）はフランス古典主義時代の大詩人。一六六〇年ごろからアイソポスの寓話をもとに『寓話詩』を書きはじめ、生涯に二百四十篇ほどをのこす。

国、あらゆる時代に似たような筋書が骨格としてあり、その骨格はなかなか失われない。したがって非限定で、時代もわからない、場所もわからない、主人公の名前すらわからない文学形式であるにもかかわらず、読むと、なぜかどこかで聞いたことがあるような、懐かしいような切ないような、意図された教訓とはちがう何か大事なことを教えてくれるような気がするものだ、ということです。

森という大切なモティーフ

内容的にもおもしろいことがあります。おとぎばなしの懐かしさはどこから来るのか。おとぎばなしに共通した特徴として、背景にひろびろとした自然がある。いつも森がそばにあるような感じがする。事実、森のなかで展開する物語がすこぶる多いですね。赤ずきんちゃんは森のなかで狼と出会ってひどい目にあう。ラプンツェル[*25]は森のなかの高い塔のてっぺんにとじこめられてしまう。ヘンゼルとグレーテル[*26]は森の

*25 ラプンツェルはグリム兄弟のメルヘン集にある同名のお話の主人公、少女。ラプンツェルとは「野ぢしゃ」の意で、それを薬草として栽培する魔女につれさられ、塔の上にとじこめられる。フランスの「ペルシネット」が原形ともいわれる。

*26 「ヘンゼルとグレーテル」もグリムのメルヘン集にある有名なお話。飢饉のために森のなかに捨てられ、人食いに出会うところはペローの「親指小僧」と共通する。

なかで迷って、人食い老婆のお菓子の家にたどりつく。ヴァシリーサ姫[*27]は森へ火をさがしにいって魔女ババ・ヤガーに出つくわす。おとぎばなしには森がつきものである。「サンドリヨン」は宮廷の物語ですから森は出てこないけれども、それでもどこかしらに森の匂い[*28]がする。

もうひとつ、おとぎばなしの主人公はよく旅をします。「森」と「旅」はおとぎばなしの鍵になる二大モティーフじゃないかと、ぼくはいつも思っています。赤ずきんちゃんは森のなかで道草をくうし、ヘンゼルとグレーテルは森のなかをさまよいあるく。そうすると、人間が農耕を身につけ、定着し、文化を築きはじめて、夜の長い時間にお話が自然発生的に生まれてきたというさっきの想像と矛盾するような気もしますね。でも、そうではなくて、おとぎばなしの世界には、人間が森のなかで狩猟や採取をしていた時代の感覚がのこされているんじゃないか、ということです。

それでまた別のことが考えられます。おとぎばなしはもともとなにか重要な過去のことを物語っているんじゃないか。

＊27　ヴァシリーサとババ・ヤガーはスラヴの昔話に出てくる。『アファナーシエフ民話集』（邦訳、現代思潮社刊——後述）などを参照。ババ・ヤガーは石臼にのり、杵でこいで進むという魔女。森のなかに魔女が住むという話は近代ヨーロッパで一般的だが、ペローの時代にはむしろ妖精がその住民だった。一四七ページ以下を参照。

＊28　「サンドリヨン」は妖精である名付親の出現によって森と結びつく。グリムの類話「灰かぶり」では木が妖精のかわりをするし、スラヴには森を舞台とした「三つのハシバミの実」のような類話もある。↓図左ページ。

ギュスターヴ・ドレ

▲

ペロー

「赤ずきんちゃん」の挿絵

1862 年

179 ページ参照。

▼

同「長靴をはいた猫」の挿絵

うっそうたる森のイメージ。

すでに人間が失ってしまった何かがそこに記憶されているんじゃないかと思われてくるんです。もっともこれはあくまでぼくの印象で、一般にそういわれているということではありません。ただ、ぼくは長いことおとぎばなしとつきあってきて、そういうことを実感としてもっているんです。

人間が定着して農耕社会をつくる。農耕は「キュルチュール（culture)」で「文化」とおなじですから、これの対立概念は「未開」あるいは「野生」で、フランス語なら「ソヴァージュ（sauvage)」。その語源はラテン語の「シルヴァ（silva ＝森)」ですから、「文化」と対立するものは「森」だということになります。人間は長いこと森のなかで生活していた。森と自分を区別できないような感じでそこに融けこんでおり、森のなかの木の実や獣たちを食べてくらしていたのでしょう。ところがある日、人間は森の外に出た。出たとたんに森は人間にとって外的なものになった。概念の対象になった。マルクス[*29]ふうにいえば、森を疎外したといってもいい。森の外に出て耕地をつくるようになりましたが、耕地をつく

*29　カール・マルクス（一八一八～八三）のいう「疎外」（本来のヘーゲル的な意味では、あるものを自

るということは森を伐《き》りひらくことでもある。森を伐りひらくことによって人間は文化をつくりはじめた。

森はただの木の集まりのように見えるけれども、はるかな太古からあるもので、地球の歴史を考えてみると、新参の人間にとってははじめは保護者であり、やがてライヴァルになった勢力じゃないかと思われます。森はもちろん人間よりもずっと先に登場しました。巨大爬虫類ががんばっていたころから地球上を覆っていたのも、まさに初期の森ですからね。ところが、ずっとあとに氷河期が何度か来て、そのたびに森はどこかへ追いやられ、間氷期にはもどってくる、そのあいだに人間の先祖のホモ・サピエンスが登場した。氷河期の人間は洞窟のなかにこもり、氷河にとざされた寒い地方から赤道の近くまでどんどん逃げていった。人間がそんな運命をたどったというのは、じつは森もまあおなじなんですね。

つまり人間が地上に生まれたとき、森はすでに地球の支配者でしたけれども、氷河という共通の敵があらわれると、人間と森はどんどん熱帯のほうへ追いやられ、わずかな人間と

分とは疎遠な他者にすること）については、一八四四年の『経済学・哲学草稿』（邦訳、岩波文庫など）を参照。

わずかな森しかのこらなかった。ところが、最後の氷河が去りはじめたとき、人間と森はほとんど競争するように地球上にひろがっていった。森はどんどんその緑をひろげたし、人間はつぎつぎと集団の住みかをもった。そして、森と人間は長いこと共存してきた。人間にとって森は生命の根源だったし、森によって養われていた時代はずいぶん長い。

ところが、人間は農耕を発明した。農耕は森に反するものです。語源的にもそうですね。森があったら農耕はできないわけで、森を伐りはじめた。それで地球上には耕地＝文化と、森＝野生という二つの領域ができたことになります。その闘いはいまもつづいているわけで、人間は森を侵して滅ぼしそうになっているけれども、もともと人間は森から生まれたのであって、森がなかったら生きてゆけない。ちょっと『風の谷のナウシカ』[*30]めいたことをいうと、もしも地球上から森がなくなってしまったら、人間も絶滅の危機にさらされるわけです。酸素が欠乏することはもちろんですが、森は精神的にも重要な役割をはたしているものですから。

＊30 『風の谷のナウシカ』はいうまでもなく宮崎駿の漫画、およびアニメーション映画。そこに描かれる未来世界の「腐海」というのは、森のなれのはての姿である。

日本語では「森」と書いて、木がいっぱい集まっている場所のイメージをつくりますが、「杜」という字もあります。この二つはややニュアンスが異なっていて、「もり」をあらわす言葉に二種類があるともいえる。ヨーロッパでも、まず、フランス語なら「ボワ（bois）」、英語なら「ウッド（wood）」という言葉があり、どちらももとは「木」ですから、木が複数ある状態、いっぱい生えている場所を「ボワ」とか「ウッド」という。日本語でも「森」は視覚的に木がいっぱい生えているありさまですね。木がいっぱいあるということは、人間にとって木材などをとってくるのに適した場所ですから、いわば利用価値としての森です。人間に役だつものとしての森。ところがもうひとつ、フランス語の「フォレ（forêt）」とか英語の「フォレスト（forest）」という言葉があって、いずれもラテン語の「フォレスティス（forestis）」という言葉から来ていますが、こちらは人間の境界の外にある聖なる領域としての森、杜です。単に木の集合ではなく、神の住むところです。

その神をローマ人は「シルヴァヌス」[*31]と呼びました。聖なる場所ですから、人間がそこへ一歩入ると、日常的な現実とはちがうものを味わうことになる。そこではさまざまな魔法がおこなわれ、さまざまに奇怪な出来事がおこる。こういうのも森ですから、ぼくらも「もり」といったときに、二重のことを思いうかべているのかもしれません。一方では森は利用価値で、現代の企業なんかが相手にしているのはそれですね。森を伐って木材やパルプにしたり、それで森がなくなってくれれば植林してふやそうとしたりする。製品をつくるための経済的価値としての森です。まあ、そっちのほうだけを考えてきてしまったのが人間の文明だともいえる。ところが一方では、人間にとって森は単なる木の集まりじゃなくて、そこへ入ればいわゆる現実とはちがう何かを体験できる世界があり、そちらが「フォレ」や「フォレスト」です。

人間が森と長いこと共存してきた歴史がそういう感覚を育てたわけで、べつだん迷信で森を特別に仕立てているわけではありません。おとぎばなしにはそういう感覚が記憶されて

＊31　シルヴァヌスは「森の人」の意で、古代ローマの森林の神。ギリシアの牧神パン、サテュロスなどと同一視されることもあった。

います。おとぎばなしの主人公は、グリムのヘンゼルとグレーテルにしても、アファナーシエフ[*32]の美しいヴァシリーサにしても、ペローの親指小僧や赤ずきんちゃんにしても、森のなかへ出かけたり捨てられたりして、そこでいろんな不思議な出来事に出くわします。これは不思議なだけであって、不気味でも異様でもありません。ごく自然に、当然のようにして不思議なことがおこる。そして、そういう不思議な体験をしてから森を出たとき、主人公はいくぶんか別人になっています。

森で魔術的な不思議な出来事に遭っているうちに、人間は「イニシエーション（通過儀礼）」を体験してしまうらしい。森は通過儀礼の場でもあるんですね。ユング[*33]やベッテルハイム[*34]もいっているように、森をくぐりぬけることによって人間はいわば新しい生命を得る。で、その過程が「旅」なんです。

おとぎばなしにはさまざまなモティーフの組みあわせ、あるいはテーマの叢《そう》のようなものがありますけれども、いちば

＊32　アレクサンドル・ニコラエヴィチ・アファナーシエフ（一八二六～七一）はロシアの文学史家、民族学者。『ロシア民話集』（一八五五～六四年）には約六百のテクストがふくまれる。

＊33　カール・グスタフ・ユング（一八七五～一九六一）はスイスの精神分析学者。「集合的無意識」や「元型」の概念によって昔話研究にも一分野をひらく。

＊34　ブルーノ・ベッテルハイム（一九〇三～九〇）はオーストリア出身の心理学者。フロイトやユングの影響下に昔話研究をおこなう。『昔話の魔力』（邦訳、日本評論社刊）など。

ん目立ったものとしてとりあげてみたいのが、「森」と「旅」です。とくにおとぎばなしにあらわれる森は、基本的にだれもが感じとれるような、人間にとって必要だった原初の森の記憶をとどめているんじゃないか。

そこで、簡単にこういってしまうこともできるでしょう。どうやらおとぎばなしが生まれたのは、人間が森を離れて農耕社会をつくってからのある時期に、暇ができて、自然発生的にいろいろなところで何かが話されるようになってかららしい、と。ところがおとぎばなしのなかには、農耕の話はあまり出てこないようでもある。おとぎばなしの主人公は、もちろん定住民もいますけれど、それがむしろ不思議の世界へと、森のなかへと旅だってゆく。それで、農耕社会のなかでかたちづくられたおとぎばなしは、人間がすでに失った生活形式の記憶をとどめているようにも見える。昔のことをおぼえていて、忘れないように語りとどめているのかもしれない。もちろん個人の昔ではなくて、もっとはるかな、集団にとっての昔のことをでしょうけれども。

人間が失ったある種の感覚や知恵が、おとぎばなしのなかには刻印されている。ひょっとすると、おとぎばなしは人間にとって、一種の記憶装置みたいなものかもしれないと思うんですね。遠い昔に失ってしまったものの骨格が単純な、あるいは象徴的なかたちでそこにあらわれているのではないか。だからこそ、ぼくらはおとぎばなしを読むと懐かしいのではないか。何か大事なことが語られているような気がするのではないか。

世界中のどんなところでも自然発生的に似たような話が生まれていたというのも、それと関係があるでしょう。人間が共通して失ってきた過去がそこに嵌《は》めこまれているのだとすれば、おとぎばなしはこの先もずっと生きのこってゆくでしょうね。その点では、近代のいわゆる創作童話の比ではないでしょう。

考えてみれば、簡単なお話ばかりです。なぜこんな単純素朴なものが今日までくりかえされているのか不思議です。近代の作家のつくる複雑で重厚な小説、どころか童話ともまるでちがう、信じがたいほど単純で軽快な紋切型の話ばかりなのに、なぜなくならないのかといえば、そういうものだからですね。まさに紋切型だからですね。紋切型をあらわすフランス語に、「リウ・コマン（lieu commun）」という言葉がありますけれど、これは「共通の場所」という意味でもあるわけです。

「妖精」とは何か

そこで、いわゆる近代の文学とはまるでちがう不思議な文学形式であるということが納得できれば、最初にお話しした「フェアリー・テイルズ」や「コント・ドゥ・フェ」の意味もはっきりわかってくるように思います。今日のタイトルはドイツ語からの「メルヘン（お話）」という言葉を使いましたけれども、それを英語に訳す場合、ただの「テイルズ」ではなくて「フェアリー・テイルズ」でもいい。フランス語なら「コント・ドゥ・フェ」で、「コント」はドイツ語の「メルヘン」に近い言葉、「フェ」のほうは「妖精」あるいは「仙女」の複数です。つまり、これは「妖精たちのお話」という意味ですね。

ただ、「フェ」がはたして「妖精」と訳してすむ言葉かというと、どうも足りないような気がする。日本語の「妖精」のニュアンスでは伝わらないことですが、もとのラテン語では「ファトゥム→ファタ」で、「運命」「宿命」という意味があるんです。しかもおもしろいことに、おとぎばなしには妖精の出てこない話のほうがむしろ多いという事実もある。だから、単に妖精のあらわれる話のことを「コント・ドゥ・フェ」とか「フェアリー・テイルズ」といっているわけではありません。

ペローの『昔話集』でも、妖精の出てくるものはむしろ少ない。「眠れる森の美女」や「サンドリヨン」や「ろばの皮」には出てきます。ですが「赤ずきんちゃん」や「親指小僧」や「長靴をはいた猫」には出てこない。狼や人食い鬼は出てきますけれども。「青ひげ」にはもちろん出てきませんが、ただ一箇所だけ、「フェ」を形容詞として使っているところがある。青ひげが新妻にあたえた例の「あかずの間《ま》」の鍵を形容しているんですが、「フェ」である鍵、これはつまり、「妖精世界につながるような」鍵、魔法をかけられた鍵、といった意味です。そういうわけで、日本語の感覚でよびおこされるような「妖精」の出てくる「お話」だけを、「コント・ドゥ・フェ」といっているわけではないんですね。

そこで前にもどりますが、「ファトゥム」は「運命」という意味である。そういう意味がこのラテン語からうけつがれているわけで、フランス語の「フェ」は、運命を握っている存在ということになります。日本語の「妖精」には妖異なイメージはあっても、運命のニュアンスはありません。古代ローマではパルカイ*35（フランス語でパルク）という妖精が信じられていましたが、パルカイは三人いて、人間の運命の糸をつむいでいる存在です。たとえば、ぼくならぼくの運命の糸があるとして、それをつむいでくれていますが、プツンと切られればぼくは死にます。妖精がぼくの運命を握っているわ

＊35　パルカイはギリシア神話のモイライ。つまり運命の三女神のことで、そのうちのひとりクロト（つむぐ者の意）の名から、人間の運命の布を織る老女たちのイメージが加わったという。

けです。そしてその運命というのは、自然の周期的な流れのことでもあるでしょう。北半球の自然ならば、春から夏になり秋になり冬になっていったん死ぬ。それが春にまたよみがえる。そういう循環する自然の流れを身につけている、そしてよく理解しているのが妖精です。あるいはまた、自然の流れそのものが形をとった、化身したのが妖精です。

だから、妖精はたいていの場合、人間の病気を治すことができたり、薬草の秘法を知っていたり、さまざまな不思議をおこなうことができたりする。それはただのマジックというよりは、錬金術にしても魔術にしても占星術にしても、自然の秘密を握ったうえでしかできないことなんで、その自然の神秘とつながっている存在が「ファタ」であり「フェ」であり「フェアリー」です。妖精は自然の秘密を握っていて、だからこそ人間の運命を左右するものです。「眠れる森の美女」の場合のように妖精は人間の運命を予言したり、それを変更することができますし、塔の上の部屋で紡錘をつむいでいたりもする。それはもちろん、自然の流れにそった運命の糸なわけです。

　たとえば、ペローに「妖精たち」[*36]というお話があります。善い娘と悪い娘がいて、善い娘が森のなかに水を汲みにゆく。そうすると、ボロボロの服を着た乞食のような女、じつは妖精がやってきて、水を飲みたいというので、飲ませてやる。そうすると、「ありがとう、あなたはとてもいい娘さんだから贈り物をしてあげましょう」といって、娘が何かひとこというたびに口からダイヤモンドや真珠が飛びだすというプレゼントをする。娘が家に帰って、継母に遅くなった理由を説明すると、口からどんどん宝石が飛びだしてくる。継母は驚いて、自分の娘にもと思い、実の娘を森へ行かせる。そうすると、こんどはおなじ妖精の変身した貴婦人があらわれ、水を飲ませてくださいというが、こちらの娘のほうはいやがる。「あなたは悪い娘だ、あなたがこれからなにかいうたびに口からヒキガエルやマムシが飛びだすでしょう」という。帰って母親に報告すると、ヒキガエルやマムシが口から飛びでてくる。母親は怒って、娘を二人とも追いだしてしまう。善い

＊36　「妖精たち」はペローの昔話のなかでもっとも短いもののひとつ。妖精がひとりしか出てこないのに題名が複数になっているのはなぜかというと、世界には、森にはこういう妖精がたくさんいるのだ――というふくみをもたせたかったからかもしれない。↓図一一一ページ。

娘は森のなかをさまよっているうちに王子様と出会って、めでたく結婚。他方、悪い娘は野たれ死にをする。

おとぎばなしは運命の物語だから、悪ければ悪いままでおわり、悪い人が途中で善くなることはありません（笑）。また、妖精はたいてい能力あるいは美質を予言のかたちでプレゼントしてくれます。ボードレールの散文詩集『パリの憂鬱』に「妖精の贈り物」という作品がありますが、この題名はすでに成句になっている言葉です。何か運命から、あるいは自然からふと授けられる不思議な、そしてどこかしら必然的な特性とでもいいましょうか。そんなこともあって、おとぎばなしは他愛ない紋切型の話だけれども、どこかしら本質的なんですね。

その物語はすべて運命に支配されているがゆえに、主人公の自我とか主観とか心理とかはなんの力ももたない。というよりも、そんなものははじめっからない。近代の文学作品とまったくちがうおとぎばなしの特徴はここにもあります。おとぎばなしでは、運命にしたがってすべてが動いてゆくだけだから、何がおこったって、どんな不思議に出くわしたって、そのままうけいれるしかない。というよりは、運命そのものが物語の動因だといったほうがいいかもしれません。

逆に近代の小説などでは、運命とたたかうわけです。だからおとぎばなしのなかに生きる人間の側からすると、近代の小説のほうがばかばかしく見えるかもしれない（笑）。近代の小説はたいてい何か出来事がおこって、それを必死で払いのけようとしたり、ひどい目にあって悩んだり、悦んだり感動したりする。おとぎばなしの側からすると、なんでそんな無駄なことをと思う。おこることをそのまま受動的にうけいれていって、そのうちにたいていハッピーエンドになるのがおとぎばなしだからです。

自我のない物語

近代の文学にも、もちろんおとぎばなし的なものはありません。おとぎばなしを素材や下敷きにした近代の小説、たとえばアンデルセン[*37]や宮沢賢治[*38]の作品でもいいですが、彼らはもともとおとぎばなしとはちがう発想で近代的な創作童話を書きました。ところがその作品のなかには、はるか昔から伝わっているメルヘンの特徴が織りこまれているがゆえに、どこかしらメルヘンふうの運命的な物語もある。運命のまま動いてゆくような人物像がときどきうかびあがります。

アンデルセンの「雪の女王」では、雪の女王につれさられた少年カイと、それをどこまでも追う情熱的な少女ゲルダの運命が語られていて、メルヘンふうのじつに美しい物語だといえる。けれどもそれは、本来のおとぎばなしとはちょっとちがう。というのは、アンデルセンの自我が意識的・無意識的に投影されてしまっているからで、十九世紀デンマークのアルデルセンという複雑怪奇な、さまざまな苦悩を負い、一生孤独にすごした人物の内面的モティーフやコンプレックスなどが反映した作品でもある。ですから、メルヘンと底を通じた側面と近代小説としての側面とをあわせもっている、そういうタイプの作品になっています。

＊37　ハンス・クリスティアン・アンデルセン（アナスン、一八〇五～七五）はデンマークの詩人、童話作家。その作品はおとぎばなしや民話に取材しているものも多いが、明らかに近代の複雑な自我を表出している。『童話集』（岩波文庫）など。

＊38　宮沢賢治（一八九六～一九三三）は花巻に生まれた詩人、童話作家。アンデルセンの場合に似て、その作品は昔話の要素をとりいれつつも、すぐれて近代的な「創作」になっている。『全集』（筑摩書房刊）。

そういえば、前回やったシュルレアリスムについての講演のさいに、ぼくはアンドレ・ブルトンの『溶ける魚』という「自動記述」による物語集のことを話しました。何を書くかを用意せずに高速度で筆を走らせて書いたテクストを、そのまま印刷して出したのが『溶ける魚』という小話集です。これを読んでみると、じつはおとぎばなしにそっくりなものがある。「昔々あるところに……」という書きだしをもった作品さえあるし、そもそもどの物語も、人間のいわゆる主観にかかわりなく、出来事がすべて偶然に突発的におこり、すぎさってゆく。夢のようでもあり、運命が語られているようにも見える。ということは、近代以後の人間であっても主観というものからは出発せず、あえて自我をひらいたかたちで物を書いてゆけるのだとすると、おとぎばなしに似たものが出てくるのかもしれない、ということを考えさせます。

もちろん『溶ける魚』の場所や時代には限定があり、「私」の登場するテクストが多いですけれども、くりひろげられる出来事や出没するオブジェのレヴェルでは、おとぎばなしによく似た客観性が支配的なんですね。

それから、たとえば稲垣足穂[*39]の『一千一秒物語』なんかはどうだろう。あれもおとぎばなしを思わせるところがあります。どこがおとぎばなしを思わせるかというと、まず心理がない。『一千一秒物語』の特徴は、「自分」とか「ある人」とかが出てきますが、それは特別の個性をもった人間ではなく、そもそも名前がほとんどの場合ない。「ある人」はいろいろ考えたり悩んだりしない。ここではむしろ、「ある人」の見ている前でいろんな不思議な出来事がおこるだけです。「ある人」が夜道を歩いていたら星が落ちてきて、ボンジュールといった、それでこっちがボンジュールと答えたら、ばかにしたように星はパッと消えた、そのあとに煙が立っていた、それでおしまいとかね。おもしろい家があったので、「自分」がたずねてドアをあけてみたらそこに「自分」がいた、それでおしまい。物語の骨だけになった世界であって、しかも自我が介入しない。ここでおこる出来事はすべて不思議なこと、唐突なこと、奇妙なことばかりです。つまり『一千一秒物

*39 稲垣足穂（一九〇〇～七七）は大阪に生まれ、神戸で育った特異なモダニズムの作家。処女作『一千一秒物語』は一種のメルヘン集だし、「チョコレット」のような短篇はすぐれたおとぎばなしとして読める。『全集』、筑摩書房刊。

語』はあくまで近代小説ではあるけれども、おとぎばなし的な要素をもっているとも考えられる。

もうひとつ、澁澤龍彦の『高丘親王航海記』[*40]あたりはどうだろうか。澁澤さんは長いこと「私」を問いつづけてきた作家だと思う。ぼくはそういう見地から『澁澤龍彦考』という本を書いていますが、彼の最後の作品だった『高丘親王航海記』を読んでいると、ちょっとおもしろい特徴がのぞいていて、若いころの彼の作品とはちがうところを感じます。あれは澁澤龍彦が癌の手術後に書きあげ、亡くなってから読売文学賞かなにかをもらった作品だけれども、その授賞の理由として、作者の死への思いが感動的に描かれているなんてことが語られていました。でも、それはたまたまあの作品を書いてすぐ彼が死んだからそういわれるのであって、虚心に読んでみると、はたしてそうかなという気もする。むしろ、あの話にはちょっとおとぎばなし的なところがあるのではないだろうか。

高丘親王は唐代の広州を出発して、船で東南アジアをずっ

＊40　『高丘親王航海記』は一九八七年、文藝春秋刊。いまでは文春文庫でも読める。『澁澤龍彦考』のほうは河出書房新社刊。『澁澤龍彦の時空』（同社刊）も参照。

と旅してゆく。するといろいろな出来事にあう。海にはジュゴンがいて何かいったり、陸上ではオオアリクイが講釈をしたり、不思議な出来事がほとんど脈絡なくおこる。あたかも走馬灯のように、あるいは初期のある種の映画のように、目の前でオブジェやイメージが移りかわる。そのたびに高丘親王はただ驚くだけです(笑)。

これは澁澤さんの文章の特徴でもあるけれども、奇妙なものが出てきた、高丘親王はそれを見てつくづく驚いたとか、紋切型の反応をするだけです。なぜ、どんなふうに他とはちがう事情によって驚いたのかについては、ひとつも書かれていない。だいたい何ごとも紋切型でできあがっている。驚いて何をしたとか、その夜、高丘親王はどんな夢をみて自分の内面をまさぐったか、というような近代小説ふうのことはほとんど書かれていない。ひとりの人間が旅をして、目の前でおこるいろんな出来事を見て、そのたびに驚き、ただそのまんま進んでいって、最後には死んでしまう。それも、虎かなにかに食べられたということになっています。

おとぎばなしとちょっと似たところがあるというのは、まずこの作品には自我というものがあまり感じられないからでしょう。「私」の心情や体験があまり投影されていないがゆえに、逆にノスタルジックであり、物悲しい感じがする。澁澤さんは早くに亡くなってしまったけれども、もしもそのまま生きていたとすれば、いっそう近代的な自我をこえる方向にむかったのではないかと想像されたりするんです。

それにいま、文学はそっちへ行ったほうがおもしろそうだともいえます。だいたい読むにあたいするもののなかには、いわゆる自我にこだわっていないものが多い。「私」がすったもんだして、さんざん悩んだり倦怠したり自己愛にふけったりしている作品など、もちろん書きかたにもよりますけれど、ぼくはもうあんまり読む気がしませんね。

いくつかちがう例をあげて、おとぎばなし的な文学のありかたを考えてみましたが、なかでもやはりいちばん気になるのは、『溶ける魚』のような「自動記述」のテクストです。そこにはフェアリーランド、妖精の国に似た世界さえ感じられるからなんです。

「ファンタスティック」の誘い

ただ、そのことはまたあとで触れるとして、ここではいったん話をもとにもどしましょう。妖精というのは人間の運命を握っている存在で、不思議な魔法をあやつる。それだけではなく、おとぎばなしは多くの場合、妖精的な運命の力で意外な不思議な出来事がくりひろげられる文学ジャンルでもあります。そういう意味では、妖精が出てこなくても、運命あるいは自然があればいい。自然はいつも人間にどこかパターン化された不思議な体験をプレゼントしてくれるわけで、「妖精物語」とは、妖精が出てこなくても不思議なことがおこる世界だといってもいい。

つまり「妖精物語」（コント・ドゥ・フェ）といういいかたをしてはいても、それは妖精が出てくる物語という意味ではない。むしろ形容詞に置きかえて「妖精的な」物語、「フェーリック」な物語といってもいいほどでしょう。ただ、フェ(fée＝妖精)から来る「フェーリック(féerique)」という言葉は日本語に訳しにくい。あえて訳せば「妖精的」ですけれども、もともと「妖」とか「精」という意味は「フェ」にはふくまれていないわけですし、辞書を引くと「フェーリック」は「夢のような」「夢幻的な」とあったりします。夢幻のような美しい世界をかたちづくっているのがおとぎばなしということにもなりますが、これはわれわれの現代にとってどういう意味をもつだろうか。フェーリックはいまずいぶん俗なかたちでおこなわれつつあり、最近の若い人の書く作品にはフェーリックなものがふえているともいえる。小説でなくても、たとえば少女マンガ[*41]の世界などは、フェーリックなものにみちみちています。

日本語では「幻想的」という言葉がよく使われているけれども、それとのちがいをまず考えておきましょう。日本語の「幻想的」「幻想」はじつに曖昧な言葉で、意味が広すぎて困ってしまう。たとえば、「幻想絵画」という言葉があるでし

＊41　少女マンガにメルヘンの特質を本格的に導入した二大作家として、萩尾望都と大島弓子を挙げてよいだろう。前者がいつも現実原則を意識させるという点でファンタスティック(後述)であるのに対して、後者はより「フェーリック」である。前者の『ポーの一族』など、後者の『綿の国星』など。

アンリ・ルソー
フットボール選手たち
油彩・1908年／オブジェ人間のフェーリックな世界。

ょう。ところが、日本人にとってはほとんど何だって幻想絵画なんですね（笑）。モネ[*42]の展覧会をデパートでやったとすると、上から変な垂れ幕がさがっていて、「幻想的世界」などと書いてある。アンリ・ルソー[*43]をやればまた「幻想的世界」、マグリットも「幻想的世界」。たいていのものに「幻想」が通用してしまう。そんなふうに「幻想」を氾濫させて、なまぬるい幻想のお風呂みたいなものにつからせてしまおうという商売あるいはメディアの魂胆も、一九八〇年代の日本にはあったみたいで、それは一種の幻想のバブル現象だったと思います。

「幻想」はヨーロッパの言語でいうと、いろいろな言葉があてはまります。フランス語なら「イリュージョン」「ヴィジヨン」「ファンテジー」「フェーリー」「メルヴェイユ」あたりまで入るでしょう。ただ、ヨーロッパで幻想美術とか幻想文学というときには、「ファンタスティック（fantastique）」が多用されていることを忘れないでください。これは一九五〇年代ぐらいからよく使われだした概念で、日本でも流行し

＊42　クロード・モネ（一八四〇〜一九二六）はフランス印象派を代表する画家で、「睡蓮」の連作などをはじめ、日本ではすこぶる人気がある。

＊43　アンリ・ルソー（一八四四〜一九一〇）はシュルレアリスムに先駆する偉大な日曜画家。自分では「写生」のつもりで超現実的な絵を描いた。↓図一六五ページ。

ました。たとえば、瀧口修造の『幻想画家論』[*44]が出たのが一九五九年、澁澤龍彦の『幻想の画廊から』が出たのが一九六七年でしたっけ。あのころには幻想美術が大いにはやって、しかも意味がずいぶんひろがって、日本独特の「幻想」になっちゃったわけですけれども、もとはといえば、これは「ファンタスティックなアート」というヨーロッパの概念をそのまま移植したものです。

「ファンタスティック」についてはいろいろな人が定義していますが、みんなかなり似たことをいっています。代表的なものは、いろいろな論争があったあと、一九七〇年に出てきたトドロフ[*45]の『幻想文学――構造と機能』における定義でしょう。これは日本でも翻訳があります。トドロフはそこで幻想とは何かをいろいろと考えていますが、定義そのものは簡単です。つまり、「自然の法則しか知らない者が超自然的な出来事に出会って感じるためらいのことである」と。

自然の法則しか知らないというときの「自然」は、さっきいった森のような自然ではなくて、これは要するにナチュラ

＊44　『幻想画家論』は、現在では『コレクション瀧口修造』におさめられている。みすず書房刊。『幻想の画廊から』の単行本は青土社刊、河出文庫版あり。なおこの二人の著者については八二ページ以下を参照。

＊45　ツヴェタン・トドロフ（一九三九〜）はブルガリア出身の文学理論家。『幻想文学――構造と機能』の邦訳は朝日出版社刊。

ルな、あたりまえの現実の法則しか知らない人間が、ふとそれでは説明のつかない出来事に出くわしたときに感じるためらい、驚きを、「ファンタスティック」という。ロジェ・カイヨワ[*46]の幻想文学・芸術論では、「幻想とは日常的現実のなかへの異質なものの侵入である」と、おなじようないいかたをしています。

それだけではまだわかりにくいかもしれないので、具体例を考えてみましょう。ファンタスティックな文学には、これはフェーリックな文学でも共通していますが、よく怪物、異様な姿をしたものがあらわれます。ここに部屋があってみなさんが集まっているというのは、われわれが慣れ親しんだ現実の延長で、われわれはそのことについて基本的に疑いをもっていない。ところが、そこにドアがあって、あけたとたんに一つ眼の怪物が襲いかかってきた、というのは「ファンタスティック」です。一つ眼の怪物はわれわれの説明のつかないものです(笑)。つまり、われわれが普通に感じている現実とはちがう法則で動いているものがとつぜんあらわれる、

＊46　ロジェ・カイヨワ(一九一三〜七八)はフランスの社会学者、批評家で、一時シュルレアリスムのグループと交流。たとえば『幻想のさなかに』の邦訳が法政大学出版局から出ている。

これが「ファンタスティック」です。

そのときわれわれは、自分たちが安心して信じきっている現実がくつがえされたような怖さ、不気味さを感じる。これが幻想文学や幻想美術の特徴であり、「ファンタスティック」の意味していることです。ですから、たとえばモネの絵が幻想的だといわれる場合、「ファンタスティック」という意味ではまったくないんです。そこにはほとんど、異様なものとの出会いがないでしょうから。

ところで、この「ファンタスティック」を歴史的に見ると、じつはごく新しいものです。「子ども」は近代に登場したから童話は十八世紀以後のものだとさっきいいましたけれども、「ファンタスティック」も十八世紀以後の産物です。なぜかというと、おとぎばなしの長い歴史と童話の短い歴史との対照もこれと関係のあることでしょうが、近代には自我というものが成立する一方で、科学が確立したとされている。科学が、出来事の原因や結果を説明し、世界の秩序が合理的に解釈されはじめる。そうすると、昔は不思議だったことも科学が説明してしまうわけで、たとえば、神話のなかに翼のある空飛ぶ馬、ペガススというようなものが出てくるけれども、科学によって飛行機が生まれれば、空飛ぶ馬が多少現実化されたといえなくもない。そんなふうにして、不思議の領域を科学はすこしずつ減らしてゆく。

ところが、どうしても科学では説明のつかない、科学によってはのりこえられない一線がある。これが近代のぶつかった問題です。たぶんそこにあるいちばん大きなものは死でしょうね。科学によって説明のつかない体験は死であり、死後の世界である。そして、死や死後の世界は、われわれが慣れ親しんでいる現実のこの世界とはまったくちがう法則でなりたっているかもしれない。でも、そこがわれわれにはわからないから、怖いんですね。そういうわけで、近代は、じつは科学の発展とともに「ファンタスティック」を生んだのだともいえます。事実、ヨーロッパで一般に幻想文学といわれているものは、十八世紀以後の産物ですね。

ただしそれ以前にも、日本語でいうと幻想的なものはいくらでもあった。おとぎばなしも幻想的だし、アラビアン・ナイトも幻想的だし、ギリシア神話など、神話もみんな幻想的です。でも、それらはかならずしも「ファンタスティック」じゃない。むしろ「フェーリック」なんです。

「ファンタスティック」は、この部屋のような日常の現実に裂け目ができて、説明のつかないものが侵入してくることをいうけれども、「フェーリック」のほうは、はじめからこの部屋とはちがう法則にもとづいたワンダーランドがあるということですね。「フェーリック」は、この現実とは全然ちがうレヴェルでできあがっている別世界であり、しかも、ときとしてそれと重なることもあるし、つながることもあるといったような領域です。

フェアリーランドをめぐって

もちろん、おとぎばなしのなかにも怪物は出てきます。でも、ドアをあけたら奇怪で異様で説明のつかない怪物があらわれて、それを見たわれわれが驚愕し苦悶しつつ怪物とたたかう、なんていう展開はおとぎばなしにはない。おとぎばなしの主人公は、怪物が出てきたって、せいぜいびっくりするだけです（笑）。ちょうど高丘親王が怪物に出くわすたびに「つくづく驚いた」といった反応を示すのとおなじです。つまりおとぎばなしの世界では、たとえばこの部屋の内も外もふくむ現実そのものがフェアリーランドなんですから、怪物があらわれることはむしろ当然です。みなさんひとりひとりが怪物になったとしても、亀裂は生じない（笑）。よく見ると変身がおこなわれていてみんな怪物になっていたとか、気がついてみたら別人だったとかいうのは、不気味さや怪異としてではなく、むしろ不思議あるいは驚異として感じられることでしょう。

　でも、この現実にそういうことはおこりえないわけですから、フェアリーランドはいつも別のところにある。別のところでおこる出来事の記述であるため、おとぎばなしを読んでわれわれは悩んだり苦しんだりはしない。だから「ファンタスティック」な幻想文学や幻想美術とはちがう。それらとは別のところに、「フェーリック」な文学や美術があるということです。おとぎばなし、メルヘンもそういうものです。

われわれがおとぎばなしを期待して読んだら、はぐらかされてしまいます。それはまさに「フェーリック」だからなんで、そのフェーリックな世界を動かしている法則というのは、われわれの現実の法則とはちがうにしろ、われわれにとって重要なものです。あえていえば、ぼくがさっき定義に加えてみたように、それはわれわれの忘れている何かなんです。人間というのは、あるとき文明というものをつくってしまったために、永遠に進歩してゆかざるをえない存在ですが、進歩するということは、じつは同時に何かを失うことでしょう。たとえば「森」のなかでの「旅」とか、人間が忘れかけている世界の感覚、さまざまな悦びとか驚きとかの原形が、おとぎばなしのなかには記憶されている。

逆にいえば、人間はそういうものを記憶していないと健康が危ないために、おとぎばなしという文学形式を保存してきたのかもしれない。一見ばかばかしい、素朴すぎるものだと思われていても、たぶんおとぎばなしというものは、人間が滅びるときまで生きのこるのではないかと考えたりします。

　他方、フェーリックな世界は、現実と別次元であり、現実と二重構造をなしてはいても、現実そのものが潜在的に「フェーリック」をかかえていると感じられる場合もある。たとえばこの部屋でも、日々まったく変ることのない、われわれが現実と思っているものの法則にしたがった世界にみんなで集まっていると確信していながら、じつはそうでない出来事もおこりうるし、おこっているんじゃないかなと思うことができます。そういうのは、「旅」をするときにもよくあることでしょう。

シュルレアリスムと妖精世界

じつをいうと、前回のテーマだったシュルレアリスムなる

＊47　ヴィクトル・ブローネル（一九〇三〜六六）はルーマニア生まれのシュルレアリスト。パリに出て、

ものは、そこから出発するんです。日常生活のなかにふいにあらわれる不思議なものがあって、それはけっして隔離された自閉的な、オタクの部屋、あるいはディズニーランド式の管理された幻想空間の出来事ではない。たとえばヴィクトル・ブローネル[*47]とか、レオノーラ・カリントン[*48]の絵画世界なども、たしかに妖精的なものがただよっています。より「ファンタスティック」なトワイヤン[*49]の世界にしてもそうですね。ただそうしたフェアリーランド的世界のそれぞれも、とざされた狭い部屋や囲いのなかにではなく、日常の現実そのもののなかに潜在していると見たほうがいいのではないか。

　そうなると、「フェーリック」と「ファンタスティック」の対立はあやふやになり、「ファンタスティック」と「フェーリック」がまじりあう世界というものも考えられます。現代の文学や美術のなかにすでにそういう兆候はあって、たとえば「ヴィジヨネール[*50]（幻視）」という概念もあらたに出てきている。見えないものを見るという傾向の芸術も生まれている。SFとかある種の少女マンガ、ファンタジー小説のな

すこぶる風変りな幻想的・魔術的作品を描く。→図一七七ページ。

＊48　レオノーラ・カリントン（一九一七〜）はイギリス生まれのシュルレアリスト。大ブルジョワの令嬢だったが、エルンストを追ってフランスにわたり、やがて精神に異常をきたす。その後メキシコに住み、絵画と小説によって独特の妖精世界を追いつづける。→図一七七ページ。

＊49　トワイヤン（一九〇二〜八〇）はチェコ出身のシュルレアリストで、第二次大戦後はパリで活動。ナチス支配下のプラハの苛酷な現実のなかから、繊細で優美で哀切な妖精的絵画をつむぎだした。→図一八三ページ。

＊50　ヴィジヨネール（visionnaire）はヴィジヨン（視覚、見えること、見通し）から来る言葉で、幻影を見ること、予見することなどをあらわす。現代フランスの絵画に「ヴィジヨネール」を名のる一派がある。「パリ現代フランス幻想派展」のカタログ（大丸ミュージアム刊）などを参照。

かでパターンとしてくりかえされている通俗的ないわゆるファンタジーは、多くの場合「ファンタスティック」であるよりも、「フェーリック」なものが俗化した結果であることが多い。それがもっと有効に機能することはもちろん可能で、あるいは書きかたの問題かもしれないけれども、基本的にわれわれが物を書くことは時間や空間に支配された自我の表現だというふうに狭く考えているかぎり、本当に「フェーリック」なところまでは行けないだろうと思います。それでも最近は、自我意識の拡大とはちがう「フェーリック」なものをもとめる傾向が出てきているのかもしれません。

ところで、さきほど触れたアンドレ・ブルトンの『溶ける魚』の世界は、まさに「フェーリック」です。意図的な「デペイズマン」でできあがったいわゆる幻想的な出来事の記述ではなく、意図しないオートマティックな「デペイズマン」をくりひろげるこの言語世界そのものが、偶然にみちみちており、どんな意外性も可能であるような妖精的・夢幻的な雰囲気にひたされています。しかも、それが現実のパリの町の

▲ヴィクトル・ブローネル　化金石　1940年

▼レオノーラ・カリントン　さてそのとき私たちはミノタウロスの娘に会った
1953年　どちらも、175ページ参照。

ありさまと連続しているという感覚を手に入れたとき、ブルトンのうちに、たとえば『ナジャ』のような現代の妖精物語が生まれてきたんです。

『シュルレアリスム宣言』の結語は「生は別のところにある」ですけれども、その「別のところ」がけっして特権的な別世界でも逃避可能なフェアリーランドでもなく、いわんや保護されたユートピアなどではなく、まさにこの現実と連続しているということを主張していたのが、一九二〇年代のシュルレアリスムだったんですね。

そういえば、せっかく読んできていただいているんで、最後にちょっと文庫版『完訳ペロー昔話集』の挿絵のことをつけくわえておきますと、これはギュスターヴ・ドレ[*51]という当時のヨーロッパを代表する挿絵画家の作で、ペローの時代よりも百五十年ほどあとで描かれたものです。たとえば「赤ずきんちゃん」の挿絵に狼と出会ったシーン[*52]がある。何を感じますか。もし現代の日本の絵本だったらどう描かれるか、パターンが思いうかぶはずです。おそらく赤ずきんちゃんはも

＊51　ギュスターヴ・ドレ（一八三二～八三）はフランスの画家。銅版画による挿絵が広く知られ、エッツェル版の『ペロー昔話集』（一八六二年）のそれなどは一世を風靡した。
＊52　本章の扉を参照。

っとかわいらしく描かれるでしょう。狼は大きくて怖いでしようね。ところが、ぼくがギュスターヴ・ドレのこの絵を見ておもしろいと思うのは、赤ずきんちゃんがあんまり狼を怖がっていないように見えることです。むしろ狼にコケットリーをふりまいている気さえする。狼が背後から描かれているというのもおもしろい。狼のおそろしさを絵で表現していない。つまり、百年ちょっと前の挿絵でしかないのに、この赤ずきんちゃんは、われわれが考えている意味での「子ども」ではないんです。

赤ずきんちゃんは狼といっしょに寝ることになります。[*53] そのとき狼はおばあさんを食べてからおばあさんのふりをしたわけですけれども、やっぱりそんなに怖くない。赤ずきんちゃんのほうがむしろ怖いんじゃないでしょうか（笑）。ともすれば赤ずきんちゃんが狼を挑発しているように見えなくもない。この話は赤ずきんちゃんが狼に食べられるというよりは、もっと性的な何かと結びついていて、この挿絵を見るかぎり、若い娘をレイプしようとする悪い男と、それをさそっ

＊53　ドレの描く赤ずきんちゃんの、おばあさんに扮した狼と同衾するシーンのこと。→図一四一ページ。

てさえいる少女のお話のように見えなくもない。

　つまり、本来は「フェーリック」なものであったおとぎばなしの世界に、ギュスターヴ・ドレは近代の解釈によって、いくぶん「ファンタスティック」なものを見ている。もともと「近代派」[*54]でもあったペローのうちにひそむ近代的な部分、少なくとも皮肉な部分を拡大している、といっていいかもしれません。これなんかも、ドレというしたたかな芸術家における、現実とのまともな対応なんですね。

　要するに、一般にわれわれが考えているようなあどけない子どものイメージは、十九世紀なかばのギュスターヴ・ドレの絵のなかにもなかった。子どもの絵が描かれていても、いまの感覚からすればだいぶ大人に近い。これなどは一例にすぎませんけれども、少なくともわれわれが通念としてもっているいわゆるメルヘンチックな子どもの世界は、ごく最近の、しかも日本の一九八〇年代という、とんでもない妙ちきりんな経済好況によって幻想のバブルをひきおこし、へんてこなユートピア主義にとらわれてしまった時代のつくりだした空

＊54　「近代派」というのは、当時の「古代派」に対する言葉。フランス十七世紀後半はいわゆる古典主義が支配していた時代で、古代ギリシア・ローマの作品が規範とされていた。それに対してアカデミー会員のペローが叛旗をひるがえし、近代の作品も古典に劣らない云々ととなえたために、二十数年におよぶ「新旧論争」をまきおこした。多少ちがう意味だが、この「近代派」ペロー自身、十八世紀に確立するいわゆる「近代」の予見者のひとりだったといえなくもない。

中楼閣、お手軽なディズニーランドにすぎないのではないかと思われるくらいです。

ぼくは元来がメルヘンの専門家じゃないので、かならずしも厳密な分析をしたわけではありませんが、むしろシュルレアリスムの観点とつながる方向で、それをちょっと大胆にとらえなおしてみました。シュルレアリスムを理解するにはメルヘンを知る必要があります。シュルレアリスムとは、いわゆるメルヘンチックでもファンタスティックでもない、現実のなかにフェーリックな感覚をめざめさせようとする考えかただからです。少なくとも第二次大戦前にはそうで、『シュルレアリスム宣言』にも『ナジャ』にも『シュルレアリスムと絵画』にも出てくる「メルヴェイユ」、つまり驚異あるいは不思議という特有の概念も、それとつながっているんです。

そういえば、「昔々……」（Il y avait une fois……）というメルヘンの冒頭のきまり文句を、「いずれ、いずれ……」*55（Il y aura une fois……）というふうに未来形に書きかえてみせたのは、ほかならぬアンドレ・ブルトンでした。これから考

＊55 「いずれ、いずれ」はブルトンの詩集『白髪の拳銃』（一九三二年）の序文の題名。それ自体が一種のおとぎばなしのように読めなくもないエッセーである。

えるべきフェアリーランド、妖精境、不思議の世界といえば、それはとりもなさず、おなじブルトンが『シュルレアリスム宣言』のなかでいっていた、「大人のためにこそ書かれるべき物語、しかも、まだほとんど青表紙（＝おとぎばなし）にとどまっている物語[*56]」のようなものかもしれません。

ただ、ここでもうひとつ問題になってくるのは、さっきからすこしずつ頭をもたげてきているもうひとつのすばらしい（?・）世界、いわゆる「ユートピア」のことでしょう。次回はそれについていろいろ考えたうえで、シュルレアリスムをもう一度とらえなおしてみようかと思います。

（一九九四年一月二十一日）

＊56　邦訳（岩波文庫）二九ページ。その前後（二六〜三二ページ）に、先にふれた「メルヴェイユ」についての新しい考えかたがくりひろげられている。

III

ユートピアとは何か

トワイヤン　眠る女　油彩　1937 年

これまで「シュルレアリスム」と「メルヘン」について語ってきたわけですが、今回は「ユートピア」をテーマとします。三つとも片仮名言葉で、外国語から移植された概念による三題噺みたいなものですけれども、全体として「シュルレアリスムとは何か」という問いへのひとつの答えになってくれればいい、と考えています。

例によって何をどうしゃべるかをあらかじめ決めていないので、おそらく話に出てくるだろうと思われる言葉をはじめに二、三示しておきます。「ユートピア」は英語では utopia、フランス語では utopie ですが、もともとはギリシア語の outopos から来ています。ou は英語の not で否定の意味、topos は日本語でもときどき使われますが、トポス、場所ということで、つまり「ユートピア」はどこにもない場所という意味です。これについてはまず歴史をさかのぼらなければいけないけれども、古代ギリシアまでさかのぼると、たぶん現代まで来るのがたいへんですね（笑）。でも、どうなることか、一応やってみます。

反ユートピアの立場から

「ユートピア」という言葉は、日本ではここ十年以上のあいだ、異様によく使われています。おそらく世界中どこへ行っても、こんなにユートピアという言葉が氾濫していた国はないでしょう。そこらを歩くと、たいていどこかでユートピアまがいの言葉にお目にかかれるという感じがありました。とくにそれがはやっていたのは、まず不動産業界（笑）。すぐなんとかトピアという。たとえば「ユートピア住宅地」とか、箱根あたりにある「湯ーとぴあ」とか、マンションの名前なんかにもいろいろありますね。それに「ふれあいトピア」とか。ひどいのになると「ト」もなくなって「ピア」だけになって「グリーンピア」とか「クリーンピア」とか。

そういえば「ぴあ」という雑誌が出ていますけれども、あれのうしろに「YOUとPIA」という欄がありましたね。you（あなた）とpia（「ぴあ」）をつなげて「ユートピア」と洒落《しゃれ》ている。かと思えば、新党さきがけでしたか、どこかの政治家たちが「ユートピア研究会」と称するものをやっていたりしました。こんなふうに、ちゃちな「ユートピア」が氾濫している。これは不動産業界や地方共同体や政治の世界で手軽に使われている言葉ですが、ほかにも宗教界、テレビ、広告の世界などでユートピアふうの言葉はしょっちゅう出てきます。お店の名前にもときどきなんとかトピア、なんとかピアというのがあって、多少ともユートピアを意識しているわけです。他方、ひところ大いにはやった言葉に、「コンピユートピア」なんていうきわめつきのがありますね。

もちろんユートピアという言葉はヨーロッパのものですが、実際にヨーロッパの町を歩いていて、「ユートピア」という言葉にお目にかかることはめったにない。というのは、ちょっとありえないことをいう言葉であって、たとえば英語でユートピアというと、悪い意味にも使われます。それはユートピアだよといえば、そんなのはばかげた妄想的な話だ、実現不可能な計画だということになったりする。政治の世界でユートピアを出すと、そういう意味になることもあるわけです。だから日本のように、太平楽に「ユートピア」という言葉を大盤ぶるまいすることもない。

もともとの意味からして、この世にない場所ということですから、この世が悲惨であるのならば、そこはとてもいいところ、すばらしい世界というニュアンスをおびるわけです。ギリシア語の「eu topos（よいところ）」を連想して、ワンダフル・プレイスみたいな意味で使われることもあります。

要するに、ユートピアとはこの世に存在しない、ある理想的な場所あるいは国という意味であって、楽園とか、桃源郷[*1]の概念とはだいぶちがう。西洋でも東洋でも日本でも、この世のものでないくらいにすばらしい世界があると、はるか昔から空想されていて、浦島太郎の行った竜宮城とか、中国の

＊1　桃源郷は俗世を離れた別天地、仙境。陶淵明「桃花源記」にうたわれている世界。

桃源郷など、その種のすばらしい世界は花が咲きみだれていたり、おいしいものが食べられたり、ときには鳥が丸焼きになって空を飛んでいるとか、ビールの川が流れているとか(笑)、そういう「悦楽の園」ですね。そういうパラダイス、楽園は昔から東洋にも西洋にもあって、それはあくまでも想像のなかの世界でした。

ところが、ユートピアはそういう桃源郷みたいなところではありません。元来はむしろ組織され管理された国や都市の理想型なんです。だから、日本で不動産屋やなにかが、すばらしいところという意味で命名しているなんとかトピアは、言葉の使いかたとしておかしいけれども、もうひとつ別の角度から見ると、じつはあたっているのかもしれない。つまり、なぜ日本という国で、一九八〇年代あたりからいたるところに「ユートピア」という言葉が氾濫してしまったかというと、いまの日本こそはまさに「ユートピア」なんですね。これがぼくのとらえかたであって、だからいかんといっているわけです(笑)。世の中でユートピアぐらい困ったものはない。

ユートピアは否定すべきです。

今回は『反ユートピアの旅』[*2]という、ぼくが最近出した本のなかでいちばん売れなかったものを参考書に挙げておきましたが、売れなかったのも当然で、「反ユートピアの旅」などという題名は受けないんでしょうね（笑）。世間はどこも擬似ユートピア化しちゃっているから、「反ユートピア」というと変なんでしょう。ぼくは、ユートピアなどいいとは思っていないから「反ユートピア」で行くわけで、その点では反ユートピスト、反ユートピア主義者です。ところが、どうもそれが世間には通用しない。日本ではユートピアっていいものだ、いいところだとはじめから思われているから、「反ユートピア」というと、なぜ「反」をつけるんですかというインタヴューをうけたりして、これを説明するのが大変なんだな。

それに、『反ユートピアの旅』を出したら、テレビに出演してくれという。どういうことをやったらいいんですかと聞いたら、ユートピアがどんなにすばらしいところか説明して

＊2　『反ユートピアの旅』は一九九二年、紀伊國屋書店出版部刊。この題名は「反ユートピアとしての旅」というニュアンスでつけられたもの。

ほしいという。ぼくは、「いまの日本の状態がユートピアなので、これくらいひどいところはない、よくないからなんとかしろということを書いたんです」といったら、「でも、ユートピアって、いいところなんでしょう？」といわれてしまった（笑）。

ところが、そうではないんです。この言葉は本来どういうふうに使われていたか。これまでの「シュルレアリスム」にしても「メルヘン」にしても、日本で使われる場合にまったくちがう意味になっているという見地からお話ししてきたわけで、これは三題噺だから、ついでにこの言葉の意味あいも検討しなおしてみましょう。

トーマス・モアと大航海者

「ユートピア」はネオロジスム（造語）です。トーマス・モア[*3]という、イギリスの法律家であり宗教家でもある人物の頭にひらめいた言葉で、この人が一五一六年に『ユートピ

＊3　トーマス・モア（一四七八〜一五三五）はイギリスの政治家、作家。当時の社会を批判する意図も

ア』という本を出しました。十六世紀はじめというのはおもしろい時代で、宗教戦争とルネサンスがヨーロッパ中をかきまわしつつあった。イギリスもまたそういう転形期にあったわけで、トーマス・モアはのちに大法官の地位につきますが、時の国王はヘンリー八世[*4]ですからね。これはとんでもない王様で、おとぎばなしの「青ひげ」[*5]のモデルともいわれたくらい、自分の奥さんをどんどん死刑にしちゃったような、残忍なところのある人物でした。キャサリンという王妃と離婚して、アン・ブーリン[*6]という美女を新しい奥さんに迎えますが、そのアン・ブーリンも死刑にしてしまった、そんなころ、トーマス・モアは高い地位にのぼっていったわけです。

『ユートピア』は英語ではなくラテン語で書かれたもので、現在のベルギーのアントワープ（アントウェルペン）の近くのルーヴァンという町で出版され、二年後にはフランスでも出ています。ですから、イギリス文学史のなかだけではなく、ヨーロッパ的な規模で考えたほうがいい。トーマス・モアは天才的な頭脳の持ち主だったらしくて、ギリシア語でもラテ

あって『ユートピア』（邦訳、岩波文庫ほか）を発表。国王ヘンリー八世に重用されるが、その離婚問題をめぐって辞職。のちに叛逆罪に問われ、死刑。

*4　ヘンリー八世（一四九一～一五四七）はイギリス絶対王政を確立した君主。妃を六人もかえた多情な王で、うち三人を死刑に処す。

*5　「青ひげ」はペローの『昔話集』中の一篇だが、他のおとぎばなしとちがい、実話にもとづくものだという説がある。ヘンリー八世のほか、幼児虐殺者ジル・ド・レーなどもモデルに擬せられている。

*6　アン・ブーリン（一五〇七～三六）はヘンリー八世の二人目の妃。エリザベス一世の母。不義のかどで死刑に処せられた。

ン語でもたちまちにこなして、古代以来の人類の英知に通じていたようです。『ユートピア』も彼のギリシア思想の知識とつながっているわけで、題名をギリシア語源のユートピアとした。この本はいま読んでもなかなかおもしろい。おもしろいといっても、ある見地からするとおもしろいのであって、じつは退屈きわまる本だともいえますけれども（笑）、ただ、とくにその出発点がぼくにとってはたいへん興味のあるものなんです。

序文はこういうことが書いてあります。私（トーマス・モア）がアントワープに行き、当地でいろんな偉い人と会った。この時代にはエラスムス[*7]という大ヒューマニストがいて、彼はトーマス・モアよりもだいぶ年上のオランダの人です。エラスムスとトーマス・モアは思想的に対立しつつも、師弟関係にあって、そのエラスムスの弟子たちのいるアントワープへモアは行ったんですね。

この思想書といってもいい小説『ユートピア』のはじめに、ラファエル・ヒスロデイ（ヒュトロダエウス）という人物が

*7　デシデリウス・エラスムス（一四六五〜一五三六）はオランダの人文学者。歴史的名著『痴愚神礼賛』はトーマス・モアの家で書かれたという。

出てくる。ヒスロデイは「おしゃべりなやつ」という意味ですけれども、この世界の知識すべてをへめぐってきたような、ちょっとおもしろいキャラクターですね。それがトーマス・モアの目の前に登場して、いろいろ物語をする。それがヒスロデイの何がおもしろいかというと、アメリカという名前のもとになったとされる、新大陸を踏査したあの探検家アメリゴ・ヴェスプッチ[*8]というイタリア人の四回にわたる大航海のうち、三回までも同行していった人物だというわけです。

『ユートピア』はもとはといえば、おそらく、世界大航海時代にヨーロッパの強国の人間が世界中のあちこちへ船で行って、奇怪な出来事、へんてこな国、不思議な人間たちに出会ったという体験を前提に書かれています。というのは、いまですと地球上のどこへ行っても何があるかはある程度わかっているけれども、この時代だと宇宙旅行をするようなもので、世界の涯《はて》に行くととんでもない変なものがいるというようなことが、まことしやかに物語られていたわけですから。いまだったらせいぜいネッシーが出てくるくらいで、あとはSF

＊8　アメリゴ・ヴェスプッチ（一四五一～一五一二）はフィレンツェ生まれの航海者。スペインから新大陸へ渡航。コロンビア、ブラジルまで行く。航海記ものこしている。

の領域になるんでしょうが、そのSFに出てくるようなありとあらゆる怪物が当時は地球のあちこちにいて、しかも国だの町だのをつくっていると信じられていたんですね。

当時までの大航海者、実際に世界中をわたりあるいた人々の書いた本を読むと、たしかに変なものがいろいろ出てくる。一つ眼の人間とか、三つ眼の人間とか、脚が一本しかなくてピョコピョコはねてくらすスキアポデスという人間とか、世界の涯に行けばそういう人間たちの国がある。あるいは犬の頭をした人間、耳がものすごく大きい人間の国なんてのもある。本当にそういうふうに信じられていたようで、地球のかなたの世界はほとんどフェアリーランド（妖精の国）みたいに想像されていたんですね。ですからヴェズレー[*9]の教会でもいいですが、中世の宗教建築を見ても、ティンパヌムや柱頭などに怪物がさまざまに彫刻されていたりします。

そういう不思議な世界をさんざん見てきたヒスロデイという人物がトーマス・モアにむかっていう。なんでもユートピアという国が東のほうにあるらしい。ただ、そういう噂をあ

＊9　ヴェズレーはフランス中東部ブルゴーニュ地方にある小さな町。ここのラ・マドレーヌ教会（十二世紀〜）はロマネスク建築の傑作で、とくに彫刻がすばらしい。入口のティンパヌム（アーチと楣にかこまれた半円形の小壁）や柱頭などには、異形の人間たちが彫られている。↓図左ページ。

▲
ヴェズレー
ラ・マドレーヌ教会のティンパヌム
部分／左に犬頭のインド人たち、右にエチオピア人たちが見える。

▼
コンラート・フォン・メーゲンブルク
『自然の書』
アウクスブルク・1475年
世界のさまざまな「人間」たち

まり聞かないのはどうしてかというと、行っちゃうとみんな帰ってこない（笑）。船でユートピア国にたどりつくと、あまりにもいいところだから離れがたくなって帰ってこないので、その存在を知らせる人がいない。自分も帰りたくなかったが無理して帰ってきた。とかなんとかいって、ユートピア国のことを物語りはじめる。

ユートピアさまざま

そこで、ユートピアとは何かということになります。ルネサンスの時代ですから、ギリシア・ローマ文化が再発見されている最中なんで、ヒスロデイがしゃべっている内容は、はるか昔からヨーロッパ人が思い描いてきた理想国家のイメージをあらためて投影しているところがある。つまり、その時代から千年以上も前にすでに原形ができあがっていた理想国家のイメージが、やおらここに立ちあらわれてきます。

そもそもヨーロッパにはユートピア文学というひとつのジ

ャンルがあるらしい。「ユートピア」という言葉をつくったのはトーマス・モアだけれども、もっとはるか昔からおなじような文学形式はあったわけで、この世に存在しない理想の国家像を描くというもの。これは古いギリシア以来の伝統です。もちろん東洋にも似たものはありますけれども、ただ角度がちがう。東洋の場合は桃源郷みたいに花が咲きみだれていて、おいしい空気があって、自然そのものが夢の世界、楽園のようなイメージにできあがっているけれども、ヨーロッパのはそうじゃない。ユートピアとは理想国家であり、ちゃんと法律があって、きちんとした都市の形態をとっている。中国人の考える桃源郷は町ではなく、むしろ野山の自然のなかにひろがるフェーリック（妖精的、夢幻的）な世界なんで、しかも仙人ならばいとも軽々とそこへ行けるようになっている。たとえば木の洞にもぐりこむと、そこからもうそのフェアリーランドがひろがっていたりするわけです。

ところが、ヨーロッパ人の考えるユートピアは、そういう楽園とは正反対のものだといっていい。楽園をすばらしい自然の世界だというふうに考えるならば、それは明らかにアジア産です。ユートピアはすばらしい理想の都市だというふうに考えるならば、こっちは明らかにヨーロッパ産で、この二つはむしろ対立しているんです。比喩的・象徴的にいえば男女の対立だと見てもいい。ヨーロッパのは法という男性原理で動き、アジアのは自然という女性原理で動いていると見てもいい。楽園は自然のただなかの自然な世界ですが、ユートピアは法によってしばられている共同体的な世界です。

宗教の面からいうと楽園は多神教の世界ですね。そこにもし王様がいるとすれば、それは神官で、神権政治になったりする。ところがヨーロッパでは、まず多神教的にはなりません。トーマス・モアはカトリック教徒ですから一神教の世界にいるわけですが、もっと昔のギリシアであれば、ギリシアは多神教の世界だけれども、そういうものをこえてプラトン的なイデアの世界が構想されます。イデアによって一本化されたような世界で、そこにおのずと義務や権利そのほか、法にかかわるものが構想されるということになります。

ヨーロッパには、はるか昔からユートピア文学の名作がいろいろあるので、みなさんはおそらくそのうちいくつかは読んでおられるでしょう。トーマス・モアの『ユートピア』の二千年近く前、いちばん古いところではプラトン[*10]の『国家』があり、他方に『ティマイオス』がありますけれども、一方には理想国家の概念が、他方にはアトランティスという、失われてしまった、わけのわからない楽園みたいな世界のイメージがのこされていて、どちらも興味ぶかいものです。ただ、ここでいうのはもちろん『国家』の理想都市のほうなんで、プラトン以来、ヨーロッパでは多くの時代にそういうものが書かれています。

ルネサンス期には、トーマス・モアだけではなくて、もうひとり、ある意味ではトーマス・モアよりもっとおもしろいユートピア文学を書いた人がいます。イタリアのトンマーゾ・カンパネッラ[*11]がそれで、本の名は『太陽の都』。これとトーマス・モアのものが、ルネサンス期の代表的なユートピア文学といえるでしょう。もちろん美術の世界にもユートピ

*10 プラトン（前四二七〜三四七）は古代ギリシア最大の哲学者。アテネ（アテナイ）の名家の出身。『国家（理想国）』は中期の作、『ティマイオス』は後期の作。後者に語られるアトランティスについては、本書二五三ページ以下を参照。邦訳、『プラトン全集』（岩波書店刊）ほか。

*11 トンマーゾ・カンパネッラ（一五六八〜一六三九）は哲学者、修道僧。占星術の予言によって理想国家の樹立を思いたつ。『太陽の都』は一六〇二年の作で、現代思潮社の古典文庫に邦訳があった。

ア的な都市があらわれます。たとえばアルベルティ[*12]という建築家の描いた都市像などは、やはりユートピアの歴史のなかで大きな意味をもちます。変ったところでは、ルチアーノ・ラウラーナ[*13]という正体不明の建築家が描いたユートピア都市図とされるものがウルビーノというイタリアの町にのこっていて、これなんかも典型的なところがあります。その絵はとてもおもしろいので以前どこかに紹介したことがありますが、そんなふうにして、理想都市プランはルネサンス期の流行でもありましたから、トーマス・モアだけが特別というわけではありません。

　おもしろいことに、ユートピア文学はだいたい偶数の世紀にはやるともいわれます。もちろん十七世紀にもユートピアはあって、たとえばシラノ・ド・ベルジュラック[*14]の『日月両世界旅行記』なんかも一種のユートピア小説だと考えられるし、フランソワ・ド・フェヌロン[*15]の『テレマックの冒険』もユートピア的ではあります。ただ、十八世紀に入るともっと本格的なのが殺到するように出てくる。たとえば、スウィ

＊12　レオン・バッティスタ・アルベルティ（一四〇四〜七二）はイタリアの建築家。『建築論』などを著す。調和的・均質的な都市空間を理想とする。

＊13　ルチアーノ・ラウラーナ（一四二〇？〜七二）はイタリアの建築家。チェス盤のような幾何学的構成の都市を構想。→図二〇五ページ。

＊14　サヴィニアン・シラノ・ド・ベルジュラック（一六一九〜五五）はエドモン・ロスタンの芝居で有名だが、バロック的な詩や戯曲を書き、SFの祖とされる『日月両世界旅行記』（邦訳、岩波文庫など）をのこした特異な作家でもある。

＊15　フランソワ・ド・フェヌロン（一六五一〜一七一五）はフランスの聖職者、作家。『テレマックの冒険』（一六九九年）は現代思潮社の古典文庫に邦訳があった。

＊16　ジョナサン・スウィフト（一六六七〜一七四五）はダブリンに生まれた大作家。『ガリヴァー旅行記』（一七二六年）は周知だろう。

フト[16]の『ガリヴァー旅行記』は一種のユートピア文学ですし、フランスの啓蒙主義の時代にはヴォルテール[17]なども、ユートピア的な物語をいっぱい書いています。セバスティアン・メルシエ[18]の『二四四〇年』なんかも典型的です。それに、現代から見なおせば、圧倒的にすごいのはマルキ・ド・サドだということになるかもしれない。そしてそのサドのかなたにもうひとり、ある意味ではもっとすごい極端なユートピストがチラッと顔を出してくる。これはもう十九世紀のはじめになりますけれども、シャルル・フーリエですね。サドとフーリエという二人の巨人があらわれて、それまでのユートピアの概念をくつがえしてしまいます。

十九世紀には、イギリスのウィリアム・モリス[19]みたいな人が『無可有郷《むかうのさと》だより』で楽園に近いユートピアを描いたり、アメリカのエドワード・ベラミー[20]のユートピア小説なども出てきます。でもさほどすばらしい作品はないんで、二十世紀になるのを待たねばなりません。たとえばH・G・ウェルズ[21]のSF的小説。それから、ロシアのエヴゲニー・ザミャー

*17　ヴォルテール（本名フランソワ・マリー・アルーエ、一六九四～一七七八）はフランスの大作家。ユートピア的な作品としては『カンディド』『自然児』、また『ミクロメガス』のようなSF的短篇もある。

*18　ルイ・セバスティアン・メルシエ（一七四〇～一八一四）もフランスの作家。未来のパリを描く『二四四〇年』は一七七一年刊。なお、サドとフーリエについては後述。

*19　ウィリアム・モリス（一八三四～九六）はイギリスの作家、工芸家。中世のギルド的手工業をおこなう牧歌的ユートピアを夢想、『無可有郷だより』（一八九〇年）を書く。

*20　エドワード・ベラミー（一八五〇～九八）はアメリカの作家。『かえりみれば』によって未来の社会主義国アメリカを描く。

*21　H・G・ウェルズ（一八六六～一九四六）はイギリスの作家。多くのSFで知られるが、『モダン・ユートピア』（一九〇五年）などの未来社会小説もある。

チン[*22]の『われら』とか、イギリスのジョージ・オーウェル[*23]の『一九八四』のような未来を予見した小説、オルダス・ハクスリー[*24]の『すばらしい新世界』という皮肉な題名をもった小説があります。エルンスト・ユンガーの『ヘリオーポリス』もそうですが、これらの未来小説はむしろ陰惨な内容で、二十世紀のユートピアというのはほとんどの場合、じつは逆ユートピアというべきものになります。

十七世紀と十九世紀という奇数の世紀は、ヨーロッパでは一応、偉大なるものが信じられていた時代ですね。フランスならばルイ十四世の絶対君主制、キリスト教、理性主義によって価値が一本化されていたクラシック・バロックの時代が十七世紀です。十九世紀のほうは科学と産業革命と帝国主義の時代で、どうやら人類の進歩が信じられたんですね。どうもそういう時代には、あまりおもしろいユートピア文学というものは輩出しない。おそらく危機の察知されている時代のほうが、ユートピアを考えるのにむいているのではないかと思われます。

＊22　エヴゲニー・イワノヴィチ・ザミャーチン（一八八四〜一九三七）はロシアの作家。ソ連体制の批判をふくむ『われら』（一九二四年）は一種のアンチ・ユートピア小説。邦訳、講談社文庫。

＊23　ジョージ・オーウェル（一九〇三〜五〇）はイギリスの作家。アンチ・ユートピア的な未来小説『一九八四』は一九四九年の作。邦訳、文藝春秋刊。

＊24　オルダス・ハクスリー（一八九四〜一九六三）はイギリスの作家。『すばらしい新世界』は一九三二年刊。なお、エルンスト・ユンガーについては後述。

ヨーロッパの十六世紀、十八世紀、二十世紀についてごく大ざっぱにいえば、猥雑な時代なんですね。十六世紀は宗教戦争とルネサンス、マニエリスムに明けくれていた時代だし、十八世紀は旧体制が腐敗してフランスに大革命がおこった時代ですが、二十世紀となると、あらためていう必要もないくらい、歴史上もっとも猥雑な時代ですね(笑)。二つの世界大戦とともにあらゆる価値が相対化されてしまって、だれもなにひとつ信じられなくなってきた危機の時代でもあります。どうもユートピアの理想は危機の時代に登場するものであるらしい。

古代ギリシアでも、プラトンの時代がそもそもそうだった。紀元前五世紀、アジアからペルシア帝国が攻めてきて、それに包囲されたなかでひたすら防壁を築こうとした結果のものが、のちのヨーロッパ文明の基礎のひとつになったわけで、おそらくプラトンのユートピアも、そういう防壁づくりの一環だったのではないかと考えられるんです。

「理想国」とはどんなところか

さて、こんなふうにひとめぐりしてきてからトーマス・モアの『ユートピア』にもどると、おやっと思うことがあります。つまり、どの時代のどんなユートピア作品を見ても、理想都市の概念はほとんど変らないということ。いまから二千五百年近く前にプラトンの思い描いた理想都市も、現代のSF小説に出てくる未来都市も、基本的には似たようなものです。トーマス・モアとプラトンのあいだにだって二千年近くの時が流れているのに、そこに書かれている都市の感じはたいして変らないんですね。

あらゆる文学のなかで、こんなに変らなかったジャンルというのも珍しい。どんな時代でも、ヨーロッパ人の思い描くユートピアはだいたいどれも、信じられないぐらい似かよっています。なぜかというと、どうもユートピアは歴史を否定してしまうらしい。歴史のない空間をつくってしまうために、時代をこえておなじ構想が生まれるのか、あるいは別の観点

▲
ルチアーノ・ラウラーナの
理想都市図
部分／15 世紀
この絵はアルベルティの作だとする説もある。
200 ページ参照。

▼
トーマス・モア
『ユートピア』1518 年版に
挿入された
ユートピア島の想像図
木版画
206 ページ参照。

から見ると、ヨーロッパ人とは深層意識のなかでいつも固定された理想都市を思い描きつづけてきた人々ではないのか、というふうにも考えられる。それにしても、何千年も変化がないというのは驚くべきことです。

とすれば、トーマス・モアの『ユートピア』を概観しておけば、ほかのユートピアもだいたい説明がつくことになります。逆に、各時代のいろんな理想都市をごっちゃにしてトーマス・モアにまぜあわせ、そこから典型的なユートピアのイメージをでっちあげることだってできそうな気もします。いま、ちょっとやってみましょうか(笑)。

まず空間的構造ですが、トーマス・モアのユートピアは島のかたちをしています。『ユートピア』の初期版本の挿図[*25]によると、まず湾があって、こんな円環をなしている。ただし縦が五百マイル、横が二百マイルというから、かなり大きな島ですね。北海道より大きいかもしれない。あるいはイングランドを念頭に置いているのだとすると、グレート・ブリテン島ぐらいの規模だと考えていいかもしれない。そういう大

＊25 『ユートピア』の挿図は二〇五ページを参照。

きな島のなかに水路があり、その水路のなかにまた島がある。どうもつくられた島のようです。

ユートピア国にはちゃんと年代記がのこされていて、それによると、まずユートパス一世とかいう王があらわれ、未開だった土地に新しい国をつくった。ユートピアの特徴のひとつなのであらかじめいっておきますが、いまの日本とおなじで、ユートピア国ではしょっちゅう建設工事をやっている(笑)。土木事業はユートピアの好むところです。ユートパス一世は、川の蛇行している箇所をみんな切りくずしてまっすぐにし、幅の一定した水路のなかに島をつくった。この島に五十四の都市がある。当時のイングランドは五十四ぐらいの州があったから、それに対応しているという説もありますけれども、とにかくそういう規模でひとつの国がいとなまれる。ここにもうひとつの特徴があらわれています。

プラトンもおなじことをいっていたんですけれども、ユートピア国は周囲から隔絶している。離れたところに孤立した空間を維持しているというのがユートピアの別の特徴です。

しかも、防御がすこぶる固い。たいていの場合、城壁が築かれている。トーマス・モアの場合には二重の海です。そもそも、ユートピアは島である場合が多い。日本もその資格がありますね。

SF小説に出てくるユートピアもそうでしょう。宇宙という海のなかにある別の星、つまり島です。そこへ行くには船が必要で、宇宙は海ではないのに「宇宙船」、スペースシップといういいかたをしますね。だいたい宇宙旅行をモティーフとする大方のSF小説は、じつはユートピア文学の変形なんで、そこに描かれていることは過去の大航海時代の話とよく似ています。SF小説にもいろいろなタイプがあるにしても、構造はほとんどおなじだといっていいでしょう。

人間が未来のことを考えると、だいたいそういうふうになる。未来というのは同時に過去であり、SFでたとえば四億年先の話を書くとすると、同時に四億年前の話みたいになっちゃうこともある。そういえばだれでも知っている『スターウォーズ』という映画は、「昔々……」という語りではじまります。未来は同時に過去なんです。ある作品はホメーロスの『オデュッセイア』を原形にしているし、ある作品はギボン[*26]の『ローマ帝国衰亡史』を原形にしている。少なくともアシモフ[*27]あたりのスペースオペラはそういうものでしょう。

ユートピアは完全に防御されていて、周囲から隔絶した島の形をとる。どんな時代でもそうで、ユートピア国のとなりに東京や横浜があるなんていう話は聞いたことがない。かならず隔絶していて、多くの場合、城壁をもっています。

それに加えてもうひとつ、町の構造は、たいていは直交線が第一で、道はまっすぐ、それが直角に交差するという碁盤の目のような、チェスボード面のような形をとります。日本でも新しい町はそうでしょう。新しい都市を建設するとか、大きな団地をつくるとかいう場合、まずまちがいなく直線中心になりますね。そうでなければ円を好む。それもコンパスで描いたような円で、そこから放射状に直線道を出したりします。ヨーロッパでは古代以来、そういう幾何学的な線を主体とした新都市が多い。ですから、自然の曲線にみちみちた

＊26　エドワード・ギボン（一七三七〜九四）はイギリスの歴史家。大著『ローマ帝国衰亡史』（一七七六〜八八）の邦訳は岩波文庫ほか。
＊27　アイザック・アシモフ（一九二〇〜九二）はアメリカのSF作家、科学啓蒙家。「ロボット」シリーズに加えて「銀河帝国興亡史」シリーズがあり、その物語は当然のようにギボンの書を思いおこさせる。

桃源郷なんかとはちがって、ユートピアは、つねに直交線や円のような図形でなりたっている幾何学的構造をもった都市です。

では、家はどうなっているか。トーマス・モアの『ユートピア』によると、道の幅はたしか二十フィートだかにきまっている。ヒスロデイはまことしやかにそういうことをいうわけです。二十フィートの幅の道がいたるところにあって、これが日本なら、両側に似たようなアルミサッシの家がならんでいる(笑)。イスラエルのキブツ[*28]なんかもそうですが、どこへ行っても家そのものがだいたい平等化、画一化されている。そのなかに入ってゆくと裏庭があって、整然とした畑があったりする。トーマス・モアは敬虔なカトリックの信者だから、産業という面では農業以外のことはほとんど考えない。どこもかしこも似たような家で、日本ならアルミサッシがはまっていたり、スタッコ仕上げのモルタルだったり、それとも薄っぺらなビルディングみたいなのがずらりとならんでいる。そんなわけで、家々の空間も幾何学的です。

＊28　キブツは現代イスラエルの農業共同体。私有を否定し、生産・消費活動や教育を共同でおこなっている。規模は大小とりどりだが、整然たる家屋のありさまや合理化された労働システムなど、一種のユートピアを思わせるところが多々ある。

そういう空間がヨーロッパの都市論の基礎になっていたことはご存じのとおりで、その影響をうけた日本の建築家の一部もユートピストですから、彼らは理想都市論をやるし、東京都改造計画なんかを発表したりします。極端なのになると、黒川紀章なんていうえらい建築家の東京都改造計画、知っていますか。これもユートピア国とおなじ。東京湾に大きな島をつくり、まわりを水路にして、あとは全部、直交線や円構造で、すばらしい、すばらしい、とテレビでいっていました(笑)。日本という国にはユートピスト、というか、ほとんどユ、ー、ト、ピ、ストの猿みたいな人がいっぱいいる。建築家以上に、土木建設業者や政治家に多いでしょう。ユートピア猿のはびこっている社会、時代だともいえます。

それから、ユートピアの別の空間的構造として、自然を矯正する、自然を変えるという特徴があります。自然を矯正するというのは、たとえば川の流れを直すんです。川は自然のものですから、迂回したり、いろんなふうに蛇行しているけれども、ユートピストはそういうのは好きじゃない(笑)。

理想都市では、川はまっすぐでないといけない。川の両側にはちゃんと土手を築く。その上に橋をきちんきちんと架ける。そうすると、ユートピアの川はだいたいコンクリートかなにかできれいにできあがってしまっているもので、川の流れは直線に変えられている。日本とおなじですね。現在の日本がユートピアだということは、都市の川を見ても気がつかれることかもしれません。

自然にはもうひとつ、たとえば森のようなものがある。ユートピアは森をきれいに保存するか植林するかして、町のなかに規則的に緑地帯をつくるという。道を一直線につくっていって、その先に森があったとすれば、森そのものを移動してしまう。大土木工事で、土建業者はそれで羽ぶりがよくなる。そういえば、ユートピア人は橋が好きだといいましたが、川ばかりか海にも橋を架けちゃう。たとえば、岡山県の児島あたりから四国の坂出あたりまで橋を架ける（笑）。それから、ユートピア人はトンネルも好きで、大規模な橋やトンネルをつくり、森を移動して交通網を発達させて、交易をスムーズにする。

こういうふうに自然を矯正してしまうのがユートピアの一特徴で、それがすばらしい町や国として思い描かれている。ルネサンスあるいは宗教戦争の時代、いかにも猥雑な、価値概念の定まらない時代にトーマス・モアがこういうものを考えたというのは、ほとんど絶望的なところもあったという気がしますけれど、それがユートピアなんです。

そして以上のことから、いまの日本の都市はかなりユートピア的であることがわかりますね(笑)。少なくとも擬似ユートピア的ではあるでしょう。建設業者や不動産業者だけでなく、都市生活者たち自身がそうあることを望んでいるような気がしないでもありません。

他方、ユートピアの空間ではなく時間のほうはどうなっているのかというと、ひとことでいえば、時間がないんです。少なくとも歴史がない。ユートピアではだいたい歴史がなくなってしまう。なぜかというと、理想の社会ができあがってしまえば、もうそのなかでは葛藤はおこらないと考えられている。第一なにごとも規則的であり、町がこのような形をしているとすれば、変更する必要がない。ただし変更する必要はないけれども、ユートピア人は家の建てなおしばかりやっている。建てなおして、前とおなじようなものをつくる。ユートピア小説には建設業者がときどき出てきます。こういう空間のなかでは家を建てなおすぐらいしかすることがないわけで、歴史につきものの変化・生成はとまってしまい、非歴史的な空間になる。だいたいユートピアは同時にユークロニアでもあります。クロニアはクロノス（時間）ですから、ユークロニアは時間のない国という意味です。ユートピアすなわちこの世に存在しない空間というのは、同時に時間も消去してしまうところだということになります。

もちろん、楽園でも時間はとまります。浦島太郎が帰ってきたらああいう状態になったというのも、竜宮城では時間がとまっていたからですね。ところがユートピアでは、時間がとまっているということは、時間が幾何学的に構成されているということでもある。ユートピアの住民は何時から何時まで何をするという生活をしている。時間割がある。時間割があると歴史はないんですね。人間の生活が時間によって細分されて、たとえば、七時十分前にこの部屋へ来て、七時からここでおなじ講義ノートを読んでいるなんてことを毎日やっているようなら、ユートピア的になりますね。時間割というのは非歴史的なものです。

トーマス・モアの『ユートピア』を読んでいておもしろいのは、食事の時間になるとラッパが鳴って、みんなが集まってくる。ザ・ホールというのがあって、そこにみんな並んで、すぐに食べはじめるかと思うと、たいていまずだれかがしゃべる。訓示をたれる長老がいるんです。それを愉しみながら、流れてくる楽の音をきくという。ユートピア人は音楽が好きです。これも日本と似ているかな。喫茶店やレストランにBGMが流れている。トーマス・モアのは、ある種の社員食堂の昼食タイムみたいです（笑）。全員がラッパみたいな合図で集まって、BGMつきで食事をするというのがユートピアでしょう。

時間と空間の特徴はそうだとして、社会はどういうふうになっているかといえば、これも似たようなものです。だいたい幾何学的で、分類され画一化されています。ユートピアはだいたい階級制をとることが多く、プラトンなんかでもそうです。ちゃんと奴隷がいる。ギリシアの都市文化は奴隷制にもとづいていて、はっきり階級社会です。トーマス・モアにはさすがに奴隷は出てこないけれども、囚人が出てきます。なにか悪いことをすれば囚人に分類されるわけです。

ユートピアに「個性」はない

おもしろいことに、トーマス・モアは、ユートピアにはお金というものがないというんです。貨幣制度がない。だから金銭を盗むことはないが、人のものを盗ったりするとつかまって、囚人にされる。囚人はどういうところで区別されるかというと、耳の先をそぐ。耳の先がそがれているから、すぐ囚人だとわかる。こんなのはいやですね（笑）。そうやってはっきりと肉体的な特徴をつくって区別する。

また、人間を機能・職能によっても分類します。たとえば、この時代は十六世紀だからいまみたいにサラリーマンはいませんが、手に職のある人、たとえば大工さんとか靴屋さんとかがいて、そういう職種によって分類されます。それぞれの職業に満足している人々の世界で、つまり人間が職能になっているということは、もうひとつ突っこんでみると、交換可能だということです。たとえば、いまぼくはたまたましゃべっているけれど、なにかきまった台本をもとにしゃべることがぼくの役割であるなら、ほかの人と交換可能ですね。でもそうじゃないから、ぼくはここへ来ているわけでしょう。

いまの日本の社会では、交換可能を前提にしているという感じがなくもない。機能である程度、人間を判断できてしまう。たとえばだれか人間を紹介するのに、何歳で、職業は何ということをいったりする。新聞に原稿を書くと、肩書はどうしましょうと聞かれるから、適当にしておいてくださいというと、適当じゃ困るという。ときにはなになに教授とか、どこどこ出身とか、何年生まれというのまでが出ちゃう。そういうのはだいたい機能を判別させるためでしょう。

そこでユートピアに存在しないものは何かというと、「個性」です。人間が機能に還元されてゆくのがユートピア社会の特徴ですから。トーマス・モアの『ユートピア』でも、人間はなんだか記号みたいなものです。その社会は平等だということになっていますが、ここで平等というのは、それぞれの人に個性がないことを意味します。機能に還元された人間が、それぞれの機能だけをちゃんとはたしているという状態。個人差があったとしても計量可能で、偏差値なんてもので測られたりする。これもちょっと日本に似ていますね。

では、男女の性別はどうなるかというと、ユートピストはしばしば男女平等をとなえます。でもそれはフェミニズムを考えているからじゃなくて、そのほうが都合がいいからですね。人間を機能に還元してそれぞれ部署につかせるのに、男と女の差があると計算が面倒くさくなっちゃうから、みんなおなじように扱ってしまう。

結婚制度はどうなるかというと、トーマス・モアの場合には、男性は二十二歳、女性は十八歳で結婚するといっています。おもしろいのは、ヘンリー八世がキャサリンと離婚してアン・ブーリンと結婚するときに、トーマス・モアは反対していました。それがひとつの原因になって、最後にはヘンリー八世によって死刑に処せられたわけです。断頭台で首を切られてしまうという悲惨な最期で、これはイギリスの歴史上、法の名においてなされた最悪の殺人といわれています。

ところで、彼はカトリックの信者ですから、原則としてユートピアでは離婚はないけれども、しょうがない場合はしてもいいんだといっています。ユートピア人はたいへんいい習慣をもっていて、結婚前に男女ともに素っ裸になり、じっくり相手を見てから結婚するという(笑)。ユートピアはだいたい裸が好きですね。昔からそうで、ユートピア文学にはときどき裸が出てくる。その点ではサドと共通しています。

さらにユートピア社会の特徴は清潔だということで、衛生観念が行きとどいている。黴菌《ばいきん》があまりつかないように、いつもきれいになっている。ルネサンス人のトーマス・モアは黴菌なんて知りませんが、腐敗や乱脈をきらっていることはいうまでもない。この点ではサドの世界と反対です。とにかくそんなふうにして、きれいに清潔にして、各人の「個性」までも、つるりと掃除してしまうわけですね。

都市の照明について

それと、もうひとつは明るいということ。これも大事です。ユートピアは暗くないんですよ。ユートピア人がもっとも好む照明は蛍光灯ではないかと思います(笑)。照明の問題はたいへんおもしろいんで、これもひとつの文化ですが、どういうところから生まれたかというと、もちろん人間にとって照明の原形は火、炎です。炎は遠くから見れば光の点になります。それに似て、赤いようなオレンジのような黄いろいような色をしたものが、人間にとって本来的な照明でしょう。ぼくらの子どものころは裸電球が主流だったせいか、いまだにあの橙《だいだい》色のあかりへの郷愁があります。白い焼き物の傘をつけて、その下に柿の実のように電球がさがっている。

照明は長いあいだにいろいろ進化してきたけれども、二十世紀のある時期までは、原形は炎でした。ランプもガス灯もそうです。オレンジ色に近い、炎のような色で照らすのが照明でした。光はひとつの光源から発しますから、影ができる。というわけで、点々とオレンジ色の街灯のならんでいるヨーロッパの町で、もっとも街灯の美しい町のひとつとしてプラハを挙げるならば、そこでは光と影がじつにみごとな起伏にとんだ空間をつくりだしている。歩くと自分の影がいっしょに動いてゆく。

太古に人間がたとえば洞窟のなかではじめて照明を設置したとき、それは炎だったはずですけれども、そのかがり火のイメージはやがて、蠟燭《ろうそく》という、人間がその後ながいこと使うようになる照明にうけつがれます。ガストン・バシュラール*29に『蠟燭の焔』という美しい書物があって、蠟燭の炎とは何かを語っている。人間にとって本質的な体験のひとつと

*29　ガストン・バシュラール（一八八四〜一九六二）はフランスの哲学者。シュルレアリスムと影響関係を保ちながら、詩的想像力をめぐる多くの著作をのこす。『蠟燭の焔』の邦訳は現代思潮社刊。

して、炎を眺めているときの心の働きをバシュラールは解こうとしたわけですが、それは動的な光の孤島との対峙である。たとえばジョルジュ・ド・ラ・トゥール[*30]の絵みたいに、蠟燭の炎はすぐ近くにあるものだけをポーッと照らしだしますが、そのまわりは闇ですね。闇があってはじめて光なんです。あるいは、影を生じてはじめて明るさがある。明るさは一方的に明るいのではなく、暗いもののなかに明るさがあるからこそ明るさとして意識されるんですね。

ところが、一九五〇年代のおわりぐらいから、日本の社会には蛍光灯が登場して、あっというまにひろまっていった。蛍光灯の特徴は光源が丸い点じゃないことです。炎とは似ても似つかない。光源が広くて、しかも均一のあかりで、白い。オレンジ色の炎という原形が捨てられた。人類が長いこと親しんできた照明のやりかたをあっさり裏切ってしまって、影を結ばない明るさを蔓延《まんえん》させた。とくに天井に平面的にならぶ蛍光灯の下には影なんぞできない。部屋中が明るくなってしまう。

＊30　ジョルジュ・ド・ラ・トゥール（一五九三〜一六五二）はフランスの画家。写実と明暗表現にすぐれ、蠟燭の光に照らされた静謐な画面を特徴とする。二十世紀になって再評価された。→図左ページ。

▲
ジョルジュ・ド・ラ・トゥール
大工の聖ヨセフ
部分／油彩・1640年ごろ

▼
ルネ・マグリット
光の帝国
油彩・1950年
光と闇をめぐるシュルレアリスム的瞑想。

いまでは谷崎潤一郎の『陰翳礼賛』[*31]の論旨とは反対に、西洋とくらべて日本の室内のほうがはるかに陰翳の少ない、平板な明るさに侵されているということです。

ユートピアを構想する人のことをユートピストといいますが、ユートピストの考える世界はだいたい明るいのが特徴です。いまの日本もそうですね（笑）。いよいよもって日本はユートピアに似てくるような気がしますけれど、たしかにこんなにのっぺりと明るい国はない。大都市なら、街灯だって蛍光灯が主流だし、妙に明るいんですね。その明るさは蛍光灯にかぎりません。夜は広告灯が上のほうに輝いているでしょう。街灯も昔ながらのオレンジ色の炎やガス灯のイメージをのこしたものはほとんどありません。もしあるとすれば観光的効果をねらった場合くらいです。そして、均一に規則的にならんでいる。いまの日本人はそういう夜の町なかで、影のない体験をすることもできるわけです。

そこで、例の明るい・暗いの二分法が生まれてくる。いまの若い人たちは、明るいことはいいことだというのが前提に

＊31　谷崎潤一郎（一八八六〜一九六五）の『陰翳礼賛』は一九三三年刊。日本文化の本性に「陰翳」を見た名著で、いまもある種のナショナリズムの根拠となりうる論旨をもつが、日本の現状にはもはや当てはまらないように思える。西洋についての論点もおなじ。

あるから、いやなものを「暗い」という。「クラーイ」という。ネクラとかネアカという。その場合、明るいものは暗いものとの対照によって明るいんだということに気がつきにくい。暗さのなかに意識されるものが光であり明るさなんだけれども、ほとんど蛍光灯の人生を送ってきているわけだから(笑)、すべて均一に照らされている状態のほうが安心できるんでしょう。

たとえば、ヨーロッパに住んでみた最近の日本人がよく文句をいうのは、部屋が暗いということですね。なぜかというと、ヨーロッパの古い家ではほとんどの場合、天井灯がありません。あちこちにフロアスタンドをおいて、光の島をつくるようにしている。部屋全体は暗くして、その闇のなかにポーッとうかびあがる効果をねらう立体的な照明の思想がある。読書する場合は、光の島のなかで読む。部屋全体がいつも見わたせる状態にはしない。

ショーウィンドーもそうです。日本のショーウィンドーはたいていの場合、蛍光灯が光源であったり、電球であっても隅から隅まで見えるように、全部が明るい舞台として設定されています。ところが、フランスやイタリアあたりの照明は光の島をつくる発想があるので、ショーウィンドーのなかでも闇の部分と光の部分がわかれていて、そこに立体的な効果が生まれる。たとえばパリの夜は、そういうショーウィンドーのゆえに美しい。照明というもののとらえかたのちがいでしょう。光と闇の起伏があるわけです。日本では夜になるとショーウィンドーはシャッターをおろして見せなかったりするから、建物の上に光っている広告灯やネオンばかりになる。煙草の広告とかビールの泡のオブジェとか、そういうものしか見えない状態になる。下では蛍光灯の街灯が、白っぽく路面を照らしている。

ヨーロッパで照明をそのように立体的に考えるようになったのは、じつは痛い目にあっているからかもしれない。社会をあまりにも明るく見通せるようにすると人間は変になる、ということにヨーロッパ人はすでに気づいているから、起伏のある照明にもどった。昔、おもしろい出来事があったといわれます。パリ・コミューン[*32]という一八七一年の革命のときに、まったく偶然におこった出来事らしいんですが、民衆が闇をかえせと叫んで、パリの街灯をひとつひとつ壊して歩いたという。あまりにも明るい、すべてが照らしだされて管理されてしまうような町はいやだということでしょう。これが革命のひとつの意味でもあります。パリ・コミューンの時代にはガス灯や電気も生まれていたから、パリの町中を明るく照らすという計画がなされていたわけで、町はずいぶん明るくなっていた。その明るさをほとんど無意識のうちにきらっていたパリ市民が、それらをぶちこわして歩いたというわけです。

だから、人間にはじつは闇が必要なんでしょうけれども、ユートピア人は闇がきらい。トーマス・モアの『ユートピア』には照明のことは書かれてなかったと思うけれども、生活に闇の部分がなく、隅々までも監視が行きとどいているという意味では明るいし、だいたい古今のユートピアはどれも基本的にいわゆる明るい社会なんです。

＊32　パリ・コミューンとは、普仏戦争に敗れたフランスの民衆のあいだから自然発生した自治政権のことで、これはある意味ではもっとも徹底した「革命」の体験だった。街灯破壊事件については、ヴォルフガング・シヴェルブシュ『闇をひらく光』（法政大学出版局刊）などを参照。

自由の幻想について

ユートピアは画一的、衛生的、きれい、明るい。もうひとつの特徴は臭いがないこと。ユートピア人は汚物をきらいますから、そんなものは存在しないかのごとくふるまう。トーマス・モアも汚物のことを書きません。汚物のことを考えたユートピストはサドとフーリエぐらいなものです。だけれども、都市にはかならず汚物があり、汚物があれば臭いがありますね。ユートピストはその臭いを消すこと、臭いのないことを理想とします。これも日本とそっくりですね(笑)。

現代の日本ぐらい臭いのきらわれているところはないんで、一種のデオドラント・ユートピアです。臭いを隠すものがいろいろ開発されて、デオドラント、つまり防臭、無臭の世界に近づこうとしている。あるいは、良い臭いと悪い臭いを区別してしまって、人工香料などを発達させるということもあります。良い臭いと悪い臭い[*33]の区別は、本格的には十八世紀

*33 近代社会における臭いについ

以後のことなんで、自然のつくりだす臭い、たとえば人間の体臭をいやがるというようなことは、近代になるまではあまりなかった。ところが、ユートピストはそれも隠してしまう。日本にその気配がありますが、ユートピアの特徴のひとつはデオドラントです。

さらに別の特徴は、質素だということです。ユートピア文学に共通しているのは、衛生的で清潔で明るくて、管理が行きとどいているというだけではなく、金銭、貨幣経済を好まないということ。その結果、質素というよりは、なにやら偽善的にストイックな態度をつらぬく場合が多くて、トーマス・モアなどは宗教家ですから当然だとも思えるけれども、金銀には価値などないという。黄金なんて役にもたたないものをなぜあんなに尊重するのか、単にすこししかとれないから貴重だというだけのことではないか、と考えるわけです。そこで『ユートピア』では、黄金は何に用いられるのかというと、囚人の手かせ足かせをつくるのに用いるそうです（笑）。

そのうえ、以上のようなことがすべて都市政府によって管

ては、たとえばフランスの歴史家アラン・コルバン（一九三六〜）の『においの歴史』（邦訳、藤原書店刊）などを参照。

理されていて、市民相互の監視体制もととのっている。それを破るような行動に出た場合には、すぐ囚人にされて耳をそがれちゃいますからね(笑)。しかしもともと、そういうことをしたがる人間はいないわけですよ。というのは、ユートピアの住民はみんな平和ですばらしい国だと思っている。明るいし、自由だとさえ思っています。

ところが世の中でいちばん自由のない国はどういう国かというと、自分たちが自由だと思いこんでいる国でしょう。自由とは、じつは獲得しようとするものであって、あたえられるものじゃない。自由をあたえられていると思い、自由を謳歌している気分になっているとき、その人々は本当は自由じゃない。逆説的にきこえるかもしれないけれども、最近の「解放」「改革」と称する出来事の直前のモスクワとかプラハとかブダペストには、自由があったと思います。自分たちが自由でないと感じるときに、自由は芽ばえるものだから。自由をあたえられていると心得て、ここは自由ないい国だなんて思っているとすれば、自由がないのもはなはだしい。

それでは単に「自由の幻想」[*34]によって管理されているだけです。あたえられたものに満足しているだけで、自分ではなにも獲得しようとしないわけですから。ユートピアとはそういう国なんで、昨今の日本にもその気《け》があります。

時計、結晶、蜜蜂の巣

それから、信仰の問題などいろいろあるけれども、そういうものをすべてひっくるめて、ユートピアの本質を単純にいってしまうと、まず規則性ということがあるでしょうね。規則的である。規則正しい。もうひとつは反復性がある。くりかえしいろいろなことがおこなわれて、滞ったり停止したりすることがない。さらにもうひとつは合理性です。すべて理にかなっていてスムーズに動く。規則的で反復性があって合理的に社会がいとなまれる場合、歴史というものは生じない。歴史とは変化であり、単なる規則的な反覆の時間や、合理的に割りきれる出来事の羅列ではないからです。

*34 「自由の幻想」はシュルレアリスム運動に加わった映画作家ルイス・ブニュエル(一九〇〇~八三)の晩年の作品(一九七五年)の邦訳題名だが、その含意にとどまらず、ここではより一般的な概念としてこの言葉を用いている。

ところで、そういうユートピア社会によく似ているものは時計ですね。ジル・ラプージュ[*35]がいみじくもいっているように、時計は人間が発明した最良のものでもあり、最悪のものでもあります。時計は時間を空間に置きかえ、しかも計測できる空間に転化させてしまう。人間はそもそも時間を数量化してしまっています。けれども自然にとって、たとえば動物たちにとって、時間は体験するものではあっても計量するものではありません。もちろん、日時計や水時計の段階では時間は自然に従属していたわけですが、あの丸い文字盤の機械時計ができて以来、人間は時計の時間に従属するようになった。たしかに時計は美しい形をしています。だいたいは円形で、十二の領域にわかれていて、その上を針がゆっくり動いてゆく。ユートピアはちょうどあの端正な文字盤をもった時計に似ています。ひとりひとりの人間は機能に還元されているから、いってみれば時計の部品でしょう。

たとえば、フランス東部のストラスブールの大聖堂に行くと、世界でも最大級の古い宇宙時計[*36]があります。何万という

＊35　ジル・ラプージュ（一九二四〜）は現代フランスの作家、ジャーナリスト。その著『ユートピアと文明』（邦訳、紀伊國屋書店出版部刊）は今日のもっとも尖鋭なユートピア論のひとつであろう。この講演でも大いに援用している。

＊36　ストラスブールの宇宙時計（天文時計）は一八三八年につくられた巨大なもので、十五分ごとに自動人形たちが一定の動きをするようにできている。拙著『フランスの不思議な町』（筑摩書房刊）参照。↓図左ページ。

ストラスブール大聖堂の天文時計

部品をもった、巨大な怪物のような時計です。それらの部品が一糸みだれず動き、みごとに規則的な運動をしている。ある時間になると、聖者や骸骨がドアをあけて出てきて、時をうつ。これこそまさにユートピア社会ですね。ユートピアは、そういうふうに一糸みだれぬ規則的な活動をしている社会であり、巨大なかつ正確な宇宙時計です。その時計さえもいまやディジタルになって、あの円形ではない無味乾燥なデザインになったときに、人間はどうしたらいいかということもあるけれども、それはともかくとして、ユートピアは時計に似ている。そういう世界をわれわれは一応、すばらしいと思ってきたわけです。

時計に似た規則性とか反復性をひとことでいえば、つまり、反自然ということなんですね。そもそも規則性、反復性、それに合理性などは自然のなかには存在しないからです。

二、三十年前にノーベル賞をもらったフランスの科学者、ジャック・モノー[*37]の『偶然と必然』は日本でも翻訳が出ていますけれども、なかなかおもしろい本です。生命体のアミノ

＊37　ジャック・リュシアン・モノー（一九一〇〜七六）は分子生物学者。遺伝子の形質発現の仕組を解明

して ノーベル賞を受賞。『偶然と必然』(一九七〇年)の邦訳はみすず書房刊。

酸の構造を論じている部分が多くて、やや専門的ですが、まずはじめにこういうことを問いかけています。人間のような知性をもった生物と、そうでない自然物とはどうやって見わけたらいいのか、と。たとえば、宇宙人が銀河系のかなたから地球なら地球にやってきて、そこには知的生命体がいるかどうかをどうやって調べたらいいのか。これは大問題でしょう。もちろん地球人のほうだって、太陽系の外に出て別の星におりたったとして、そこに知的生物がいるかどうかは、見ただけでわかるはずがないですね。そもそも相手が知的生物であるかどうかをどうやって判別したらいいか、とモノーは問うている。

彼によると、とにかく客観的に調査しなければいけないけれども、その場合に、知的生物の特徴は規則性と反復性だというんです。なぜならば、自然のままの状態のものには規則性と反復性がない。木の形がつねに同一ということはありえないし、自然界には完全な直線も完全な円もない。完全に近い螺旋を描く貝はあるけれども、あれだってデコボコしている（笑）。ところが、知的生物のつくるものはしばしば規則的で反復可能ですね。ここにある机のような平らなものは自然にはありえない。ところが知的生物はこういう規則的な形のものをつくる。そしておなじものをいっぱい製造して反復するわけです。

とすると、ユートピアは知的生物の特徴をそのまま延長していると考えていいでしょう。その特徴は反自然ということです。不定形なもの、規則的でないもの、反復可能でないものをユートピアはきらいますし、社会から遠ざけます。人間についても、たとえば個性というようなものを、ユートピアではできるだけ露呈させないように工夫します。ユートピアにはたいてい制服がありますよ。ちょうど日本の学校やある種の新興宗教みたいですが、あるいは、日本の社会そのものに制服があるといってもいいかな。みんなおなじような何かをまとっている。

トーマス・モア自身には服装の趣味はなかったらしくて、みんな真っ白な服を着て「美しく」清潔であるという。羊の毛皮かなにかをはおったりしていて、なんとなくある時期のヒッピーみたいな格好を想像させるけれども、とにかく似たような服がゾロゾロ歩いているという世界です。人間をできるだけ個性ではとらえないで画一的にとらえている。

ジャック・モノーはさらにおもしろいことをいっています。規則性や反復性だけで判別していけば、知的生命体がいるかどうかわかるけれども、ただし例外があって、自然のなかにも規則性と反復性をそなえたものがあり、それはたぶん二つだろうという。まず結晶です。たとえば、石英なら石英、水晶なら水晶の結晶は完璧に規則的であり反復的である。だから、宇宙船でやってきたほかの星の生物が地球なら地球におりたって、結晶に出くわしたとすると、あっ知的生物の作品か、と思う。もうひとつは蜜蜂だという。蜜蜂の巣と生活の規則性、反復性。ある種の蟻もそうであると。

そこで、ユートピストが好む自然はどういうものか。プラトンにしたってトーマス・モアにしたって自然を愛してはいるわけです。自然がきらいなわけじゃない。けれども、彼らがいちばん愛する自然は、おもしろいことに蜜蜂や結晶の自然なんです。結晶のような町、蜜蜂のような生活がユートピアの理想です。これもいまの日本と似ているかもしれない。清潔であり規則的であることがよろこばれる。だから、あらゆるユートピアの最高峰は蜜蜂あるいは結晶ということにもなり、現にモーリス・メーテルランク[*38]の『蜜蜂の生活』というユートピア小説があったりする。

もちろんこれも人間社会のことをいっているわけで、蜜蜂のようにすべて役割分担がおこなわれている。つまり機能によって、働き蜂とかなんとかというふうに人間が区分されていて、それ以外のことはしない。人間が機能になってしまって、個性がない。そういうユートピア。

結晶のほうもいろいろあって、たとえば現代のJ・G・バラード[*39]の『結晶世界』なんかはむしろユートピア小説と反対の終末論的なSFですが、ものみな結晶化してゆく世界の終末になにやら、死そのもののような安定性、完全性のユートピアを求めていることには変りがない。これはまさに、ジャ

＊38　モーリス・メーテルランク（一八六二〜一九四九）はベルギーの作家。『青い鳥』などで有名だが、科学者・神秘家でもあり、『蜜蜂の生活』（一九〇一年）では心霊主義にも通じる社会像を描く。邦訳、工作舎刊。

＊39　J・G・バラード（一九三〇〜二〇〇九）はイギリスの作家。上海に生まれ、『太陽の帝国』のような回想的小説でも知られるが、特異な発想のSF小説に佳品が多い。『結晶世界』（邦訳、創元SF文庫）にはシュルレアリスムの影響も感じられる。

ック・エロルド[*40]の絵画世界のようでもありますけれど。

とまあ、そういうわけで、おもしろいことに、古今東西のユートピアの理想のモデルはだいたい、結晶の群れか蜜蜂の巣。いや、いまうっかり「東西」といってしまいましたが、この場合の「東」は、日本みたいなヨーロッパ文明のへたなまねごとをしているアジアの一部の国ということになるでしょう。そして、プラトンやトーマス・モアの時代には、それこそがすばらしいものだと考えられていたかもしれません。けれども、さらにおもしろいことに、それと似たようなユートピア社会のことを二十世紀に書くと、ほとんど「地獄」に等しくなってしまうんですね。

二十世紀の代表的なユートピア文学というと、オルダス・ハクスリーの『すばらしい新世界』、ジョージ・オーウェルの『一九八四』なんかがよく挙げられます。一九八四年という年が来たら、オーウェルの予測のようになっているかどうかを調べようという新聞記事を見たものですけれども、これはつまり、一種の高度管理社会を見こしている近未来小説で

＊40　ジャック・エロルド（一九一〇〜八七）はルーマニア生まれのシュルレアリスト。一九三〇年代にパリに出て運動に参加。初期には世界・人体の結晶構造を探究した。↓図二五一ページ。

すね。H・G・ウェルズの『モダン・ユートピア』、ザミャーチンの『われら』なんかもかなり似ています。映画にもいろいろあって、たとえばジャン-リュック・ゴダール[*41]の『アルファヴィル』とか、フランソワ・トリュフォー[*42]の『華氏451度』なども、後者はブラッドベリー[*43]原作ですが、一種のユートピア映画でしょう。ところが二つとも、ちっともいい社会じゃない（笑）。どちらかというと地獄めいているんですね。

これらのユートピアに共通しているのは、プラトンの理想国家とほとんどおなじような傾向をそなえているにもかかわらず、われわれにとっては息苦しい社会だということです。エルンスト・ユンガー[*44]の『ヘリオーポリス』の翻訳が出ましたが、これもほとんどおなじです。ほとんどおなじだけれども、ユートピア文学はやはり読んでいておもしろい。それはむしろ、二十世紀においてはユートピアが一種の地獄にも感じられるからです。

こうなると、「ユートピア」という言葉をあっけらかんと

＊41　ジャン-リュック・ゴダール（一九三〇〜）はヌーヴェル・ヴァーグの旗手のひとり。SF映画は『アルファヴィル』（一九五六年）一本だけだが、他の作品にもある種のユートピスト気質が感じられなくもない。

＊42　フランソワ・トリュフォー（一九三二〜八四）もフランスの映画作家で、ゴダールの盟友。『華氏451度』（一九六六年）は書物を禁じる未来社会を描いたもの。

＊43　レイ・ブラッドベリー（一九二〇〜）はアメリカの作家。詩的イメージにみちたSFファンタジーによって知られる。『華氏451度』は一九五三年の作。邦訳は元々社刊。

＊44　エルンスト・ユンガー（一八九五〜一九九八）はドイツの作家。『ヘリオーポリス』（邦訳、国書刊行会刊）は一九四九年のSF小説で、科学技術ばかりが発達した未来社会のありさまを描く。

して使ってご機嫌になっている日本の現状はいったい何なんだろう（笑）、という気がしてきますね。われわれは蜜蜂の巣みたいな国に進もうとしているのかもしれないし、結晶のような規則性、画一性、清潔さをめざしているのかもしれない。「湯ーとぴあ」とか「ふれあいトピア」とか、そういうものがいたるところにある。この渋谷の町を歩いていても、ユートピア幻想はときどきちらつきます。たとえばある種のパチンコ屋なんて、蜜蜂の巣で嬉々として「残業」にはげんでいる、夜のきらびやかな結晶世界でしょう（笑）。

「理想都市」対「迷路」

それはさておき、ユートピアの本質をさぐるためにトーマス・モアの『ユートピア』をとりあげてきたわけですが、プラトンにまでさかのぼると、プラトンのユートピア論はいろんな作品にちらつきますから、『プラトン全集』をぜんぶ読む必要があるかもしれませんが、まあ大ざっぱに見ると、その理想国家もたいへんおもしろい構造になっていて、一見トーマス・モアのとはちょっとちがう。まんなかにアクロポリスがそびえていて、これは高い（＝アクロ）ところにあるポリス（＝都市）のことですから、その高所にいわばイデアの領域がある。そこから斜面にそって放射状に道がひろがっている。なんのことはない、日本のニューなんとかプラザのなんとかハイツというようなものは、たいていこれですね（笑）。不動産業者や建設業者や地方共同体はまあプラトンと似たところをめざしている。

それで、その丘から下へ行くにしたがって階級の差も出てきます。建物はみんなおなじような形をしていて、驚くほど明るくてきれい。道路の幅もおなじです。そして、プラトンはやっぱり外側に城壁を築かなければならないと思っていたらしいけれど、どうも城壁を築くことには抵抗も感じていたようで、家があればじゅうぶんだという。なぜならば、おなじ形でおなじ大きさでおなじ高さの石の家がびっしりとならべば城壁とおなじようになるので、外敵は入ってこられないだろうと。

『国家』の理想都市の社会に奴隷がいたりするところは、紀元前のギリシアですから当然でしょう。ただ、プラトンの描いた理想世界は驚くほどみごとなもので、二千五百年近く前のものであるにもかかわらず、いま読んだってそらおそろしい。こういう世界にわれわれもむかっているんじゃないかという感じがしたりする。人々はだいたい勤勉で、働くのが好きです。働くのが好きで能率がいいから、ユートピア人はだいたい長時間は労働しなくていい。トーマス・モアの場合は一日六時間、プラトンではたしか四時間ぐらいです。時間も空間的にきれいに整頓して幾何学的につくってゆくのがユートピアの特徴ですから、時間の区分、時間割もきまっている。一定の時間だけ働くとラッパが鳴って、食堂へ行って食べて、また出てきて働くということになる。

だけど、人間ひとりひとりがそれぞれの機能をはたしてゆくだけのことなんで、いってみれば蜜蜂です。あるいはロボットといってもいいかもしれません。ロボットや蜜蜂ほど悩みのない存在はないわけで、みんな明るいし自由を感じています。どうもそういう都市国家を思い描いているらしい。

ところで、どうしてそんな発想が出てきたのかということが問題でしょう。ぼくには直感的に感じとれることがあります。ギリシアには何度か行きました。ギリシアにかぎらず世界五十か国ぐらいをわたりあるいていて、あまり定着しません。今年だけでも百ぐらいの町々をおとずれて、たまに帰ってくると、こうやってしゃべっていたりする。ほとんどヒスロデイみたいなものですね（笑）。そんな体験からしますと、まちがっているかもしれないけれど、直感的にわかることがある。

たとえば、アテネはずいぶん奇妙な町です。中心部近くに巨大なアクロポリスの丘がバーンとそびえていて、その上にはまさに規則性と反復性の傑作といっていいパルテノン神殿が立っている。あれは幾何学の勝利ですかね。あれほどいわゆる完璧な理想的建造物を見せられると、ハーッとなってしまう。パルテノン神殿を見てひれふしちゃう人は多いですね。

あの埴谷雄高[*45]でさえ、パルテノン神殿に地中海の理性を感じたりしていたと記憶します。きらいだといって抵抗する人もいますけれど、廃墟であることをふくめて、やはりすばらしいものであることには変りがない。美しい幾何学的な図形のなかに、イデアが結集されています。ところが、そのパルテノン神殿の上から見おろすと、アクロポリスのふもとには現在ではプラカといわれている、観光名所になっている迷路のような区域がある。直交線などどこにもない、乱雑な空間です。ほとんどアジア的な感じのするごちゃごちゃしたところです。

この場合、「ユートピア」の反対の概念が「迷路」であるといってもいいでしょう。「迷路」、つまりラビリントスですね。ユートピアは完全に幾何学的に整理された美しい町ですが、「迷路」は自然のまま、いくらでも無自覚にひろがってしまった状態の、ときにはスラム化している町のことです。たとえばイスラーム社会ではこれが都市の必須条件になっていました。アテネも五百年だかオスマン・トルコ帝国の支

＊45　埴谷雄高（一九一〇〜九七）はもちろん『死霊』などで知られる作家だが、ヨーロッパ旅行の体験にもとづいて『欧州紀行』（中央公論社刊）『ラインの白い霧とアクロポリスの円柱』（福武書店刊）等を発表している。

配下にあって、当時は一地方都市にすぎず、プラカもまたかなりイスラームふうになっていたわけですが、こういう「迷路」は地中海沿岸のいたるところにあります。たとえば、チュニジアの首都のチュニスなども、フランス的にみごとな直交線でできあがった、幾何学的な構造をもつ近代都市だけれども、そのどまんなかにメディナ(旧市街)がある。無限に枝わかれする、ほとんど人間の血管を思わせるような、入りみだれた迷路がひろがっているわけで、それがメディナのスーク(市場)です。そのまわりに近代的な直交線の碁盤の目のような都市があるという、おもしろい町ですね。

アテネの場合は反対で、中心部にアクロポリスがあって、その下に迷路みたいなプラカがひろがっている。さらにその外側には近代的な直交線の街路があるから、アテネは二重三重にアジア的・ヨーロッパ的な構造をもっていることがわかります。アテネは紀元前五世紀にはギリシア最大の都市で、プラトンもアテネの人ですけれども、彼がなぜ『国家』のようなものを書かなければならなかったかということは、ぼくにもある程度わかるような気がする。あの時代にもおそらくアクロポリスの斜面には、「迷路」的なものが押しよせつつあったのではなかろうか。古代アテネはいまでは石の遺跡になっているから、幾何学的な美しさをもつ理想的な世界だったかのように思われもするけれども、じつは都市そのものは、東から押しよせてくるアジア的な「迷路」の自然に侵されつつあったにちがいないと想像するんです。

歴史をすこしさかのぼりますが、このプラトンよりも前に、たぶん世界最初のユートピストといってもいい建築家があらわれています。ミレトスのヒッポダモス[*46]です。ミレトスは現在ではトルコ領で、エーゲ海の対岸のいわゆるイオニア地方の町ですが、ここは古くからギリシア人の植民市で、おなじエーゲ海岸のトロイアとかエフェソスとか、あるいはロードス島[*47]の三都市と同様、長く栄えていた時期がありました。かつてのギリシアは小アジアのほうに尖鋭な部分があったんです。ミレトスという町もそれで、現在ではローマ時代以後の遺跡がのこっているだけですが、ヒッポダモスは前五世紀の

＊46　ヒッポダモスは紀元前五世紀の都市計画家。ミレトスやピレウスのプランをつくったといわれ、その合理性と機能性を重視する方式を、のちに「ヒッポダモス式」という。↓図二六一ページ。

＊47　ロードス島はエーゲ海の東端、トルコに近いギリシア領の大きな島。古くからイアリソス、リンドス、カミロスの三都市が栄え、紀元前七世紀には中東全域と交易をおこなっていた。紀元前四〇八年、この三都市が共同で新都市ロードスを築いたが、そのプランは「ヒッポダモス式」であった。

建築家として、トルコのエーゲ海に面したこの町のプランを構想したわけです。それは完璧な碁盤の目のような町で、世界初の意識的な直交線都市だったといっていいでしょう。

もちろん直交線をもった都市は以前からありました。たとえばバビロニア、アッシリアやエジプトにもそれは見られます。エジプトのルクソールへ行くと、神殿そのものが直線的ですから、まわりの道もほぼ直線になっています。だいたいエジプト人は海のように平坦な砂漠ばかり眺めていたせいか直線が好きですから、ピラミッドや葬祭殿のようなユートピア的な建築物もつくっていたんです。そんなわけで、直線的な道をもつ都市は多かったけれども、ミレトスとは事情がちがうんですね。

ミレトスの直線は神によってあたえられた直線ではなく、人間の直線なんです。ジャック・モノー式にいえば、人間が合理的に生活をいとなむために必要な、知的生命体としての人間の刻印です。それを完璧につくりあげたのがミレトスという古代都市であり、その近くのエフェソスもそうでした。

イオニア地方にかぎらず、ヘレニズム時代にかけて新しく築かれた都市の多くはヒッポダモスのプランによっているので、エジプトのアレクサンドリア、マケドニアのテッサロニキなんかもそうです。ロードス島のリンドスという すばらしい古代都市もおなじです。廃墟はしかし直線を失って混沌としていますから、リンドスの遺跡光景はいま思いうかべただけでも胸にせまりますね。

ところで、こうした古代都市だけでなくその後のヨーロッパの全体が、新しい都市をつくるときにはよくミレトスの真似をしています。ローマ帝国時代もそうです。十字軍のころなどもそうです。城壁にかこまれており、そのなかが完璧な碁盤の目のようになっているという都市。プロヴァンスのエーグ‐モルト[*48]なんていう四角い町がその典型でしょう。

ヒッポダモスはそれほどに革新的な人だったんです。それまでの町はアジア的であり女性的であり、自然的であった。ちょうど生物の組織のように、ただただ増殖してゆくにまかせ、道は女性の体のように曲線が多かった。丘があり、窪が

＊48　エーグ‐モルトは南仏・地中海岸のカマルグ地方にある小さな町。一二四〇年、聖王ルイ九世は十字軍派遣を計画し、その出航の地としてここに都市を築いた。厚い城壁にかこまれた長方形のプランで、内部もほぼ直交線のみでなりたっている。↓図二五一ページ。

あり、闇があり、溝があり、性器がある。つまり、自然そのものをモデルにしたような町だったのを、ヒッポダモスはとつぜん、直交線ばかりの、自然には存在しない幾何学図形のみによる都市をつくり、城壁を築いた。なぜか。東からの攻勢から守るためという事情もあります。この時代は東からペルシアが攻めてきていて、ペルシア帝国のダリウス[*49]はついにギリシアに上陸してアテネを攻撃し、コリントスのあたりにまで進攻したらしい。

だれもが中学校で習うあの歴史的事件は、つまり、アジア的なものがヨーロッパ的なものを侵そうとしたということです。ギリシアはヨーロッパ的なものの防波堤となって、ダリウスを追いはらわなければならなかった。そこでいろんな同盟を結んで、ギリシア都市同士が協力しあって、ペルシア帝国の進出を阻止したわけです。けれどもそのときの痛手は大きく、アテネも結局はそうですが、このいわゆるペルシア戦争によって疲弊してしまったギリシアの諸都市は、その後、徐々に衰退してゆくしかない。

＊49　ダリウス（ダレイオス一世、在位・前五二二〜四八六）はアケメネス朝ペルシアの王で、古代オリエント世界を統一、大帝国を築く。西進してギリシアを征服しようとしたが、幾度かの戦闘の末、サラミスの海戦（前四八〇年）に敗れて撤退した。

▲
南仏、エーグ-モルト市の全景
249ページ参照。

▼
ジャック・エロルド
頭
油彩・1939年
239ページ参照。

そのころにプラトンが登場したんですね。そして、彼には守るべきものがあったわけです。それはギリシアがすでに高度に推しすすめていた理性というものです。知的生命体のあかし、それを象徴する幾何学的に構成された都市。城壁外からの攻撃にそなえる堅固な空間。プラトン以前、ミレトスにヒッポダモスがつくったのはそういう町なんで、これは何をおそれていたのかというと、アジアが侵入してくるのが怖かったんですね。ここでアジアというのは、単にアジアの軍隊ではない、広い意味でアジア的なものです。それはまず不定形であり、自然に近く、無限にそして旺盛に増殖し繁茂するものです。絶対的な王がいて、その神権に服従している世界ですが、一方で規則性、反復性がない。血みどろであり豪奢でありエグゾティックであり金銀財宝に飾られている。要するに得体の知れない魅力的なもので、それによって最終的には侵されてゆく運命にあったにせよ、そういうものからいつまでも身を守るための防御壁としてつくられたのが、どうもユートピアという思想だったのではないか。

そんなわけで、アテネのアクロポリスから下を眺めおろすとき、いまは観光的に飾りたてられてはいるけれども、ほとんどアジアを思わせる迷路のようなプラカという地帯がのこっているということは、ぼくにとってはシンボリックなんですね。

マニエリスムとアトランティス神話

ここですこし話の方向を変えてみますと、マニエリスムという美術上の概念[*50]がありますが、あれの原形もおなじころに生まれたと考えられます。やはり東からやってきました。マニエリスムはイオニア地方、つまり小アジアのはずれにあるミレトス、エフェソスのあたりをへてギリシアに入ってきたアジア的なものです。他方、ヨーロッパの理性が生みだしたもっともユートピア的な芸術様式といえば、もちろんクラシックですね。クラシシスム、古典主義というものは、規則と反復を重んじます。古典主義のフランス式庭園を見ればわか

＊50　マニエリスムとは、イタリア語のマニエラ（手法）から来た言葉で、狭義には、十六世紀から十七世紀初頭にかけての芸術様式をいう。ルネサンスの古典主義的な調和と精神性を失って技術偏重になったり、非合理やグロテスクに傾いたりする性格をもつ。だが、じつはこれがどんな時代にもおこりうる恒数的な傾向であり、その起源は古代にあることが認められるようになった。

るでしょう。本来の庭園[*51]はこれも東方起源の「楽園」へのノスタルジアを基幹としたもので、ヨーロッパでもある程度はそうでしたが、クラシックなこの様式の庭園はみごとに左右対称をつくり、直線や円ばかりを構成要素としています。庭園である以上、自然をとりいれてはいるけれども、人工的な水路をつくり、木々をすべて円錐形に刈りこんだりして、空間を幾何学図形に直してしまう。このクラシシスムもギリシアからはじまったわけですが、それに対するアジア的なものの叛逆がマニエリスムだった、と考えてもいいでしょう。

グスタフ・ルネ・ホッケ[*52]が『迷宮としての世界』という本で「ラビリントス」の概念を扱ったのは特徴的ですけれども、この迷宮、迷路なるものがマニエリスムのシンボルです。クルティウス[*53]の影響をうけて、ホッケがうかびあがらせたマニエリスムの起源は、ギリシア時代にさかのぼります。要するに「アジアふう」ということです。それに対する古典主義は、ギリシアのアテネ周辺のアッチカ地方を拠点とする「アッチカふう」。アテネのパルテノン神殿に象徴されるような、完

*51 ヨーロッパの庭園および「楽園」、マニエリスムと古典主義、バロックなどについては拙著『ヨーロッパ　一〇〇の庭園』、また『イタリア　庭園の旅』（いずれも平凡社刊、コロナブックス）を参照。

*52 グスタフ・ルネ・ホッケ（一九〇八～八五）はベルギー出身の文化史家。『迷宮としての世界』（邦訳、美術出版社刊）はマニエリスムを通史的にとらえなおした名著である。

*53 エルンスト・ローベルト・クルティウス（一八八六～一九五六）はドイツの仏文学者、批評家。一九四八年の大著『ヨーロッパ文学とラテン中世』（邦訳、せりか書房刊）によって新しい中世像を示し、マニエリスムの恒数性をも立証した。

壁な幾何学的精神によってつくりあげられた理性の構築物が、クラシックの芸術の理想型です。

いつの時代でも規範としてクラシックが置かれるとすれば、かならずその対立項が併存する。エウヘニオ・ドールス[*54]だったらそれをバロックというでしょうけれども、ホッケの場合はマニエリスムとしてとらえ、ぼくの場合にはそれをシュルレアリスムにまで延長したうえで考えます。

アジア的なというのは、アジア[*55]という土地そのものに固着してそういっているのではなく、だいたいが古い東方の地からやってくるものだったからで、それは自然のように無秩序であり、シンボリックな意味では女性的である。都市、あるいは人間の住みかというのは、もともと女性的なものでしょう。たとえば洞穴など、子宮みたいな空間にもどるようにして、人間はまず住むところを見つけたはずです。そこには直線などなかったでしょう。太古の建築は直線をもっていたとしても、それはたとえば木材などにある自然の直線ですね。けれども木というものは正確な直線ではありません。その木

＊54　エウヘニオ・ドールス（一八八二〜一九五四）はスペインの美術史家、哲学者。一九三五年の名著『バロック論』によって、それまで軽視されていたバロック様式を再評価し、普遍化してみせた。

＊55　アジアとは、古くはアッシリアの碑文にあるアスという言葉から発するといわれ、これはエレブ（日の沈むところ→エウローパ、ヨーロッパ）に対して「日いづるところ」を意味していたらしい。ホメーロスの時代のエウローパはペロポネソス半島とエーゲ海のみを指していたが、アシア（アジア）のほうはそれ以外の東方、おそらくペルシアあたりまでを指していた。のちにローマ帝国はイオニアのエフェソスを中心に属州「アジア」を設置する。

材をまっすぐに削るとか、石をまっすぐに切って建物の、都市の構造にするというのは、古代都市文明とともにはじまったことでしょう。

アジア的・自然的なものが東のほうから侵入してきて、ギリシアに生まれたアッチカ的・理性的な規範と対立しつつ入りまじっていたのがエーゲ海の文化です。プラトンの伝えたもうひとつの「どこにもない国」はアトランティスと呼ばれるもので、これのことはだれもが知っていますね。古代エジプトのサイスの神官が伝えた話だとかいわれていて、昔、大洋のなかに大きな島があった。アトランティスは驚くべき豪奢な世界で、金銀財宝にめぐまれ、人々は体中に金や銀やオリハルコンという、アトランティス以外には存在しない貴金属をいっぱいつけている、要するにバロックでアジア的で、過剰な装飾性をそなえた国だった。そういうところはユートピアとまったく似ていない。そして王様がいるというのが特徴で、他方、ギリシアは共和制ですからね。アトランティスの制度は絶対的な権力をもつ神権政治であって、ちょうどエジプトのラムセス二世[*56]、あるいは少なくともクレタ島のミノス王[*57]みたいなすごい君主がいて、その統治下にこの国は栄えた。しかもアジア的な強い国だった。

で、このアトランティスがアテネを攻めにくる。アトランティスとアテネをくらべたら、どう見たってアトランティスのほうが強いわけです。物資にめぐまれていて、人間の体格も大きかったらしい。ユートピアというよりもむしろ楽園に近い世界です。ユートピアと楽園は正反対のもので、理想の都市は楽園のようにふしだらであってはいけない、それで、アテネのアクロポリスがアトランティスに攻めおとされてはならないと、プラトンでなくても考えるところでしょう。

ところで、幸いにしてというべきか不幸にしてというべきか、ギリシアの大神であるゼウスはアトランティスの味方をせず、アテネの味方をしたんですね。

戦争がおこったらアトランティスが勝つにきまっているし、ぼくとしてもアトランティスの肩をもちたい気はかなりあるけれども（笑）、しかし、戦争がおこらないうちにアトラン

＊56　ラムセス二世（在位・前一三〇一〜一二三四）は古代エジプト第十九王朝の王。絶大な権力をもち、大宮殿、大モニュメントを各地に建設。アジア侵略に燃え、ヒッタイトと戦う。このあたり、拙著『オリエント夢幻紀行』（河出書房新社刊、ふくろうの本）を参照。

＊57　ミノスは古代クレタの王で、現クノッソスの大宮殿（迷宮）を拠点に、広く海上を支配したと伝えられる君主。前三千年紀から二千年紀にいたるクレタ島の文明は、その名をとってミノア文明とも呼ばれる。このあたり、拙著『地中海の不思議な島』（筑摩書房刊）を参照。

ティスは沈んじゃったんです。ゼウスは理性の味方、イデアの味方で、金銀財宝、オリハルコンなんていう世界をゆるせなかったらしい。それで海に沈めちゃった。かくしてアトランティスはあとかたもなく海の底に消えてしまった。

こういう象徴的な物語を伝えているんで、プラトンというのはとにかくえらい人です。現在でもアトランティスを探している人はたくさんいて、アトランティス学というものがあり、ロシアがその先端を行っていたりする。潮流の動きを調べて、大西洋に実在したんだろうという説もある。これだけで一時間半くらいの話になるからアトランティス論はやめにしておきますが（笑）、ただ、エーゲ海にアトランティスがあったという説がやや優勢です。

よくいわれるのはサントリーニ島。[*58] ここはギリシアの古典文化以前の別の民族による別の文化をもっていた火山島で、昔、海底火山の大爆発と大地震によって多くの部分が海中に没してしまったから、いまはこういう三日月の形をしている。クレタ島もそうですが、ここの文明はミケーネ以後のいわゆ

＊58　サントリーニ島（ティーラ）はエーゲ海の南部にある小さな島。さらに南方のクレタ島の影響下に、前二千年紀から洗練された文明が栄えていた。→図二六一ページ。

るギリシアよりもはるかに古く、最近では考古学者のマリヤ・ギンブタス[*59]などもいうように、いわゆるインド・ヨーロッパ語族が南下する以前の、古ヨーロッパ人の行きついていたところだとされている。

　ということは母権的です。近くのキクラデス諸島[*60]のもっと古い三角形の女神像なんかからもわかるように、昔バルカン半島から北に住んでいた古ヨーロッパ人の文化がここにおよんでいるので、けっしてインド・ヨーロッパ語族のギリシア的な幾何学的精神や、ヘラクレス信仰、男性中心主義をとっていない。そういうのが結局、アトランティスだったのではないかと思われてくるんですね。

　つまりアトランティスというのは、広い意味でやはりアジア的な、少なくとも非ヨーロッパ的な世界だったでしょう。もちろんプラトンがアテネでデビューしたころには、もうペルシア戦争もおわっていました。ペルシアが東から攻めてきて、ギリシアがアジア的なものによって滅ぼされるかどうかという瀬戸際に、やはりゼウスやアテナイ女神のおかげで助

*59　マリヤ・ギンブタス（一九二一〜九四）はリトアニア生まれの女性考古学者。地母神信仰をもつ「古ヨーロッパ人」の諸相を探究。『古ヨーロッパの神々』は邦訳があり、言叢社刊。

*60　キクラデス諸島はエーゲ海の南部、ディロス島を中心として円環（＝キクロス）をかたちづくる島々をいい、サントリーニ島をもふくむ。紀元前三千年紀にもっとも栄えていたところで、頭部の小さい、不思議にモダンな女性偶像が数多く発掘されている。→図二六一ページ。

かったわけでしょう。そこでパルテノン神殿を築いてことほいだ。アテナイは戦いの女神ですから盾をもって鎧《よろい》をつけています。そのおかげで、ペルシアを退けて、アジア的なものから逃れたと思った。アトランティスの伝説にも、どうやらそういうプロセスが投影されているような気がします。貴金属オリハルコンをもつ楽園めいた東方世界としてのアトランティス。

だから、プラトンは二つのすばらしい国のことを書きのこしているわけで、ひとつはユートピア的理想都市。西欧的な知性の行きついたところにしばしば生まれる一種の固定観念で、もうひとつは、それをつねに侵しつづけてきた東方的な、無秩序で豪奢な楽園です。

日本はアジアの端っこのほうですから、黄金の国ジパングのような伝説もあることだし、どちらかというと楽園であってほしいと思いますけれども、どうやら今日これほど楽園から遠い国はない（笑）。日本人がなぜか楽園志向のものまで「ユートピア」と呼んでしまっているのは不思議です。たと

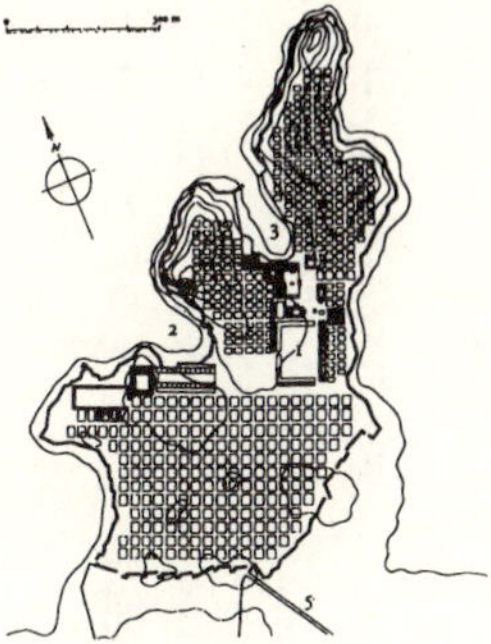

◀
サントリーニ島の壁画
ボクシングをする少年
紀元前1500年ごろ
258ページ参照。

▶
ヒッポダモスの直交線プランによる
古代都市ミレトス（現トルコ）の図
247ページ参照。

▼
キクラデス諸島
シロス島の女神像
紀元前3000年ごろ
259ページ参照。

えば温泉「湯ーとぴあ」とかいって、変な裸踊りなんかをやるのだとすれば、それはもともと無秩序な楽園をめざしているんでしょう。それなのにコンピューターを導入して管理を強化し、ユートピアを僭称してしまったりするわけですから、その錯覚は、単に言葉を知らないということだけではなく、それが現代の日本そのものだからだという気もしますね。

どちらかというと、楽園の感覚を復活させなければいけない。夜、無秩序、迷路、闇、非合理性、ついでにいえばシュルレアリスム。これらを多少とも復活させないことには、この国はしょうがないですね。プレハブみたいな集団住居で、明るい蛍光灯の下で、みんなでせっせと修行をしているようなちゃちな擬似ユートピア空間のなかに浸っていると、もはやどうにもならないということになるでしょう。

サドとフーリエの登場

そこで、とつぜんサドとフーリエの話にしてもいい（笑）。

サド[*61]は十八世紀にあらわれた貴族作家ですが、この人の作品が一種のユートピストでもあったことは、もうだれもがわかっていると思います。といっても、サドの作品にユートピアが出てくるからではありません。サドは『食人国旅行記』のなかで、食人国というひどく残忍な国と、もうひとつ、タモエ国というひどく平穏な国のことを書いた。後者は古今のユートピアとそっくりの国です。だから、極悪非道の国と対照させてそのシステムを論じている。

そんな本を書いたからサドがユートピストなのかというと、そうではない。むしろサドの文学はその全体がユートピアなんです。たとえば、そのなかの最高峰のひとつといってもいいけれども未完におわった『ソドムの百二十日』と題する傑作があって、これくらいユートピア的な小説世界はめったにない。そこにはこれまで述べてきたユートピアの特徴がだいたい全部そなわっています。

ソドムのメンバー四十何人かはシリングの城にとじこもりますが、その城は完璧な城壁にかこまれ、二重三重に外界か

*61 ドナシアン－アルフォンス－フランソワ・ド・サド（一七四〇～一八一四）はいわば呪われた生涯をおくった大作家。法や道徳を徹底的に相対化するおそるべき小説世界をくりひろげた。『食人国旅行記』（『アリーヌとヴァルクール』からの抄出）ほか、代表作のいくつかは河出文庫などで読める。

ら遮断されている。その建物はみごとに幾何学的・画一的であり、そこに招ばれてきた人々はすべて個性をうばわれ、機能として、部品として動いている。年中射精しつづける人物が出てきたりしますが、これはつまり、射精という機能に還元された人間です（笑）。極端なのでは、裸の貴婦人たちが椅子になる。貴婦人が何人か体をよじらせて重なって、椅子の形に組みたてられている。人間が椅子という機能になってしまうんですから、ユートピアの特徴そのままです。とにかくすべては歯車のように組みあわされて、ひとりひとりの人間が時計の部品になり、きまった時間割にしたがって動くようになっている。

この書物自体、何日から何日まではどんなことがおこなわれたというふうに、几帳面に書かれている。しかもあらゆる可能性の極限まで行きつくかたちで、とうてい人間にできるとも思えないような性的行為が、じつはユートピア的な秩序のなかでのみ可能だということを感じさせもする。

というわけで、サドの作品の世界はどう見たってすばらしい国とは思えないし、だれもそんなところへ行きたいとは思わないでしょう（笑）。ある種の人はそれに快楽をおぼえるかもしれないけれども、あまりにも極端であり抽象的であるために、「人間」がなくなってしまい、機械、あるいは自動人形の世界が現出する。にもかかわらず、いや、だからこそじつは、サドの作品ほどユートピア的なものはないんです。サドにもいろいろな側面があるけれども、重要な一点だけをいうと、ユートピアというものを完璧に構築した場合、そこは地獄に近くなるということを立証した人ですね。

ユートピアの特徴として挙げた規則性、反復性、閉鎖性。城壁があり、とざされていて、人間は役割と機能に還元され、巨大な時計のようにすべてが運んでゆく。時間割があり、歴史が否定され、ただただ反復がなされる。ちょうど時計の文字盤さながらに展開してゆくという社会。それは意外にもサドが描いたものとそっくりではないか。『ソドムの百二十日』でも『悪徳の栄え』でも、どの作品でもそうなっているわけです。

ユートピアをつきつめればけっして良い国ではなく、とてつもない悪の社会にもなりうるということを、サドは十八世紀に察知してしまった。だからこそサドの作品は現代に対して有効です。たとえば現代にユートピア小説を書こうとしたら、まずペシミスティックなものにならざるをえないでしょう。現代のアメリカのSFなんかもベトナム戦争以後、楽天的なものではありません。楽天的でありうるとすれば、フェアリー・テイルズにもどる場合しかない。近未来もたとえば『ブレード・ランナー』[*62]みたいな暗い世界になっているわけで、明るくみごとに構成されたユートピア世界を惑星の上に想像するとしても、そこは地獄に似てくるでしょう。それで人間が自由でありうる空間を考えるとすれば、むしろ『ブレード・ランナー』ふうの闇の濃い世界であったりするということですね。

サドはすでにそういうことを予知してしまっていた作家です。ところが、まだまだもっと風変りな人物がいる。サドほど徹底したユートピストはいるまいと思っていたら、そのあ

＊62 『ブレード・ランナー』はリドリー・スコットの監督した映画（一九八二年）。フィリップ・K・ディックのSF小説『アンドロイドは電気羊の夢をみるか』（一九六八年）が原作。

とにフーリエ[*63]が出てきちゃったんですね。これはサドとまったくの正反対。サドはユートピアを悪に逆転してみせたけれども、フーリエはサドの描いた悪なるものをはじめから信じていないか、それとも知らないわけで、すべてが善なんです。フーリエは天使のように善なる人間です。したがって、ほとんど気ちがいですね（笑）。フーリエの描いた世界は、ユートピアを極端にまでみちびいて全世界にひろめてしまうと、じつはめくるめくような迷路、迷宮にメタモルフォーズ（変身）してゆくということを立証しているものです。

フーリエは役割分担を好んでいるし、幾何学的建築も考えていますが、けっして城壁でかこむことはしません。フーリエのユートピアはそもそも国や都市ではない。フーリエの考えることはつねに宇宙全体なんです。したがって閉鎖ではなく、開放です。だからユートピストじゃないともいえます。それから、ユートピストは歴史を否定しがちだけれども、とんでもない、フーリエは歴史が大好き。歴史をちゃんと計算してしまい、地球上の歴史はちょうど八万年でおわると推測

＊63　シャルル・フーリエ（一七七二〜一八三七）はフランスの大思想家。痛烈な文明批判をもとに未来世界像を描き、奇想天外な宇宙的変革の予見にいたる。生前は狂気の疑いをかけられもしたが、エンゲルス、ボードレール、ベンヤミン、ブルトン、バルトらによって再評価される。主著『四運動の理論』の邦訳は現代思潮社刊。その一部と『愛の新世界』抄は、サド『ソドムの百二十日』抄とともに、『澁澤龍彥文学館4　ユートピアの箱』（筑摩書房刊）で読める。

して、その八万年がどんなふうに移りゆくかまで克明に考えている（笑）。壮大な時間割ですが、不思議に息苦しくはない歴史観。

それにもうひとつ、ユートピアの特徴として自然の矯正ということがあり、情念を抑制するとか、セックスを統御するという施策があるけれども、フーリエは逆にそれをすべて解放してしまう。フーリエによれば、人間は機能や役割には還元できない。機能や役割じゃなくて、人間の本性、本能、情念のほうが大事だという。その情念には十二種類あって、どんな人間もその組みあわせでできているから、全部で何千何万種類だかの人間がいて、それぞれが個性をもつ。そればかりか、奇癖とかマニアという本性もあって、これらもまた組みあわされる。そういう情念の図表をもとに時間割を構成してゆくと、異様に複雑なものになる。

それから、フーリエは人間の性的関係についてもすべてを平等に見る。その点ではユートピア的ですが、前提には多様性を徹底して認めるということがある。性的関係は男と女だけではなく、男と男、女と女でもいいし、男二人と女一人とか、男一人に女三人とか、極端なのになると全婚男・全婚女とかいって、すべての相手とセックスするタイプの人間が認められたりする。相手は動物でもいいし、物でもいい。ほとんどフロイト[*64]のいわゆる「多形倒錯」みたいな世界に行くこともある。

フーリエによると、ある意味ではどんな活動も性的です。たとえば、ある男が二人の女とともにめざめて、どこかへ出かけると、ファランステール[*65]という共同住居がある。ところがそこは閉鎖的でも定住的でもない空間ですから、午後にはまた別のファランステールに行く。そのあいだの道そのものがフーリエ的ユートピアの舞台です。フーリエ的ユートピアの人間はたえずその道をプロムナードしつづけ、多様性を実現してゆくといってもいい。要するに、とざされた空間ではないパッサージュ[*66]、ときには屋根のついた長い小路が大きな意味をもつんです。

そのフーリエのパッサージュを今世紀に評価したというか、

＊64　ジークムント・フロイト（一八五六〜一九三九）はオーストリアの精神分析学者。シュルレアリスムをふくむ現代思想に大きな影響をあたえる。多形倒錯はその重要な用語のひとつで、性本能が体のあらゆる部位の活動と結びついている状態をいう。たとえば幼児はみな多形倒錯者である。

＊65　ファランステールはフーリエの造語で、ファランジュ（古代ギリシアの歩兵密集方陣）とモナステール（修道院）をつなげたもの。フーリエの考える共同体（ファランジュ）の集合的住居である。

＊66　パッサージュは通路、抜け道。とくに十九世紀前半のパリに生まれた屋根のある細くて長い商店街をいう。ベンヤミンとその『パッサージュ論』などについては本書二九ページを参照。

フーリエを読んで驚嘆して、半生をパリとそのパッサージュの研究のためについやした人がヴァルター・ベンヤミンですね。ベンヤミンの『パッサージュ論』はようやく翻訳が出ましたが、あれを読むと、フーリエが彼にどれほどインスピレーションをあたえたかということがわかるでしょう。

フーリエが「調和」と呼ぶ未来世界の人間は、道をどんどん歩いてゆく。旅をする。とざされた空間に定着したりしない。たとえば、自分の本性に合ったイチゴ摘みを一時間やったとすると、そのつぎはまた、自分の別の本性に合ったところへ行く。イチゴ摘みをやってからマルメロ摘みをやるとか、こんどは乳しぼりをやるとか、ある女とやって、つぎは別の女というふうに、一日が多様に移りかわる。昼間は会社で働いて、夜はこういうビルのなかの不思議な講演を聞くというようなことを、もっと多様かつ多彩にくりひろげる(笑)。

そういう役割の変化が特徴ですが、普通のユートピアではそんなことは可能ではない。役割と機能を変える、その変化あるいは転換、浮気あるいは蝶のような移り気ということをフーリエは情念の一種として認め、しかもそれを極端に解釈しちゃうから、人間はたとえば三十分おき、一時間おきにちがう役割を演じつつ一生をおくれるようになったりする。これはめちゃくちゃに複雑怪奇です。

というわけで、徹底してユートピア的でありながら、ユートピアの特質をことごとく裏がえし、ほとんど信じられないような乱交状態に立ちいたってしまうのがフーリエの「新世界」だったんです。

シュルレアリスムの旅

さて、ざっとこんなふうにして、すでにサドとフーリエにおいてユートピア信仰は挫折してしまっています。その先に十九世紀、二十世紀がくりひろげられるわけですけれども、もう時間がない(笑)。やや唐突ですが、あとはシュルレアリスムを生きること、そういうことにしておきましょうか。

ともあれ、予想どおり序論のところでおわってしまいましたけれども、これは「シュルレアリスムとは何か」という三題噺の最終回でもあるわけだから、あと、ほんのすこしだけつけくわえておきます。サドにしろフーリエにしろ、シュルレアリスムによって再発見され、再評価されたことはご存じのとおり。ただ、ランボーを語る場合とおなじように、アンドレ・ブルトンなどはかならずしも合理的な言葉で継承関係を説明したりしませんから、サドやフーリエの一見ユートピア的な反ユートピアとシュルレアリスムとのつながりについては、こちらで直感したうえで組みたてなおす以外にはない。じつはシュルレアリスムも集団活動をひとつの出発点としていた以上、ユートピアと無縁ではなかったといえるはずですから。

ブルトンの『シュルレアリスム宣言』を読むと、ときどきユートピアふうに見えなくもない空間のイメージが点滅します。結語に「生は別のところにある」と書かれていることはご承知のとおりですが、その「別のところ」というのは、ただし、もちろんとざされた城壁のなかでも、楽天的なフェアリーランドのなかでもありません。たしかに『溶ける魚』のほうには、城もフェアリーランドも出てきますけれども、ブルトンはそこに住もうなどといってはいないんですね。むしろ現実が城にもフェアリーランドにも連続しうるということをいおうとしていたのが、例の「超現実」の考えかただったわけですから。

もうひとつ、歴史という視点もあります。歴史はユートピアとは正反対のもので、歴史の側に立つ人間はつねにユートピアを否定するでしょう。なぜなら歴史とは生成であり変化であり腐敗であって、規則性や反復、清潔さや合理性、定住や閉鎖性のなかに逃避しようとするユートピアなるものを認めませんから。シュルレアリスムははじめからこの歴史の視点に立っていて、たとえばパリならパリという町の空間を、たえざる変化、変貌の過程でとらえます。前にふれたブルトンの『ナジャ』やアラゴンの『パリの農夫』が典型的ですが、それらをベンヤミンが評価し、フーリエとボードレールのパリ、パッサージュのパリの延長上に見たこともご存じのとおりです。もともと「自動記述」なるものが生成・変化・流動の体験で、『溶ける魚』の「溶ける」という形容詞にしても、じつはその点を形容しているかもしれないんですね。

そういえば美術の領域で、これまでイヴ・タンギー[*67]のことをいいおとしていましたけれど、これこそもっとも本質的なシュルレアリスムの画家のひとりですね。ほかのシュルレアリストたちと同様、タンギーも一種のフェアリーランド、不思議な具象的世界を描きますが、それが空間であって同時に時間でもあるということ。最初の作品から死の直前の作品までが、一貫して、まるでひとつの惑星の上の光景のようにすこしずつ移りかわってゆく絵画。「デペイズマン」を用いる具象画でありながら、しかも高度にオートマティックな、説明のつかない謎めいた生成を刻一刻とつづけた末に果てたこの時間・空間の旅人の芸術を、シュルレアリスムのもっとも純粋に近い例のひとつとしてここに特記しておいてもいいでしょう。

その他もろもろのことがあって、シュルレアリスムの発想

＊67 イヴ・タンギー（一九〇〇〜五五）はブルターニュ人の血を引く特異な画家。デ・キリコに魅かれて自己流で絵を描きはじめ、やがてシュルレアリストとなる。以来、徐々に増殖してゆく不思議なオブジェたちの世界によって、謎めいた「超現実」の時空を体現しつづけた。↓図左ページ。

イヴ・タンギー　追いつめられた空
油彩・1951 年
タンギーの絵画のなかのオブジェたちは、30 年間にわたって生長-増殖をつづけ、やがて別天体の都市のような様相を呈するにいたった。これは死の 4 年前の作品。

はすこしもユートピア的ではなく、整合性や定住性、規則性、規範性、反復性、古典主義といったものをきらってきました。歴史をさかのぼっていえば、シュルレアリスムは反アッチカ主義であり、アジア起源のマニエリスム的傾向の延長でした。だからトーマス・モアの『ユートピア』などからは遠い。それどころか、政治的にも一種のアナーキズムといっていいような、反システムへの衝動につきうごかされていたのがシュルレアリスムです。

　ところが、にもかかわらず、彼らには「別のところ」という概念がある。『シュルレアリスム宣言』のなかに語られているパリ近郊の「城」の夢想などは、単なる夢想ではあるにしても、集団の本拠のイメージをともなっている。彼らはすぐあとで、実際に「シュルレアリスム研究本部」というのをパリの町なかにつくり、「別のところ」の誘いをちらつかせもしました。「別のところ」がまさに「ユートピア＝どこにもないところ」ではないということを立証・実演してみせようとしたのですが、それもやがて挫折して、「城」の夢想は未来に投げだされることになります。

おもしろいのは、シュルレアリスムのいだきつづけた集団の本拠としての「城」のイメージがいつも、「ひらかれた城」であったということ。歴史の視点をもって生成と変化に身をゆだね、空間的・時間的な連続性の理論を追いつづけていたブルトンは、自分の家、自分の書斎[*68]をも、ひらかれたものにしようとしました。他方、宗教をいっさい受けつけず、それでもなお聖なるものと連続しているような、魔術的・呪術的な文化への遡行を晩年にはえらびました。これはユートピアからは遠い。その反対の歴史主義や終末思想からも遠いですね。一見、宙ぶらりんのところに、ブルトンはいわば、体験にもとづく未完の思想をくりひろげた末に没したわけです。

こんなふうにしてみると、メルヘンの教えるフェーリックな架空世界にしろ、ユートピアの教える理性的に管理された架空世界にしろ、シュルレアリスムとは別物ですし、ときには正反対であることがわかるでしょう。エルンストの森もマグリットの町も、この生成し腐敗する現実と連続しています。

*68 パリのフォンテーヌ通りにあったブルトンの家の書斎の壁の一部は、現在ポンピドゥ・センターの現代美術館のなかに再現されている。

エルンストのいわゆる「百頭女」は変転する現実の別名でもあり、マグリットのいわゆる「魔法の領域」は反ユートピアの謂《いい》でもあるわけです。シュルレアリスムとは、フェアリーランドやユートピアとはちがう発想のもとに、けれども、今日では「幻想」の一分野ととりちがえられているような「魔術的芸術[*69]」をつくってきた潮流です。

今回「ユートピア」をとりあげてみたのは、反ユートピストを自任するぼくとしてはもちろん反語的な意図からです。それで最後に、シュルレアリスムを反ユートピア的な場所に置いてみたところで、とりあえず講演を切りあげることにしましょう。そして、それがまさに「シュルレアリスムとは何か」をふたたび問う出発点になるだろうということは、たぶん、まったく整合的でもユートピア的でもなかったぼくの即興の講演のあいだに、もうおわかりいただけているのではないかと思います。

そういえばいま、ふと思ったんですが、ルネ・ドーマル[*70]の『類推の山』という小説が新しく文庫本で読めることになっ

＊69　アンドレ・ブルトン晩年の大著『魔術的芸術』（一九五七年）の邦訳は河出書房新社刊。

＊70　ルネ・ドーマル（一九〇八〜四四）は北フランスに生まれた詩人、作家。シュルレアリスムの影響

たので、これについてもしゃべるべきだったかなと気づきました。「類推の山」、アナログ山というのは地上のどこにも見えない、しかも実在しているという巨大な山で、一種のユートピアでもあり、反ユートピアでもあるような世界です。ところがそこまで行きついて、登りはじめるというところまで書いて、作者のドーマルは死んでしまった。ただし旅そのものは、中途までであってもとにかくみごとに不思議な旅なんで、ぼくはユートピアをこえるものとして、いま「シュルレアリスム」とともに「旅」ということを考えてみたいとも思っているんです。いわば「日々の魔術」としての旅。けれどもその話は、またの機会にということにしておきましょう。

（一九九四年十二月二日）

をうけ、神秘主義的傾向をもつ作品を書きつづけたが、最後の小説『類推の山』の執筆途上で没する。この未完の作品の邦訳は河出文庫に入っている。

あとがき

自分のしゃべったことだけで一冊の本がつくられてしまうというのは、はじめての体験である。

なるほどこれは、旧知の安原顯氏にたのまれて、東京・渋谷のＣＷＳ（クリエイティヴ・ライティング・スクールの略らしい）という名をもつ一種の「学校」で、一九九三年から一九九四年にかけて、計三回、それぞれ一時間半ないし二時間ずつ、いちおう一貫した主題と関心のもとに、「講義」（私自身はふつうの講演だと思いこんでいた）としてしゃべったことの記録ではあるのだが、そのしゃべっているあいだに、本にまとめるなどということはまったく考えていなかった。

第一回目は「シュルレアリスム」、第二回目は「メルヘン」、

第三回目は「ユートピア」というテーマをえらび、全体としては私自身のいだくシュルレアリスム世界への扉をひらいてみようという大まかな意図はあったものの、いつものとおり用意はせず、いったんはじまれば聴き手の反応にあわせて、できるだけ早口に、自動的に、即興で話をすすめてゆくという方式をとっていたので、それが録音されていることさえ念頭になかったほどである。

ところが、毎回相手が入れかわってゆくこの講演ふうの「講義」を、つづけて三回、熱心に聴いてくれているひとりの女性がいた。ほかならぬCWS事務局長、メタローグ代表、旧「リテレール」誌編集長の今裕子さんである。彼女はそればかりかこの三題噺をすべてテープにとり、ひそかに筆記録におこしていたのであるらしい。第三回目がおわってから一年近くのちに、すでにできあがっているワープロ原稿をたずさえて、今さんはたしか渋谷のドゥ・マゴの地下テラスにあらわれ、私の前でほほえんだ。

そんなところまで準備がととのってしまっているのでは、

もはや抵抗するすべがない。はじめはしぶしぶと、だがすこしずつ乗り気になりながら、私はその原稿の校正刷に手を加え、不備を補ったり注をつけたり、べらんめえ調をなおしたり、あるいは挿入図版を考えたりする作業をつづけていった。この場合、すこしずつ乗り気になっていったというのは、たぶんこれらの講演の内容が私自身にとってもどことなく新鮮であり、思いがけない展開をふくむものに感じられたからなのだろう。

しゃべることと書くこととは、やはりちがう。しゃべるといっても、私はいつも即興でしかそれをしないので、何をしゃべったかはあまりおぼえていなかった。けれども、しゃべりながらふと思いついて別の話題に移ってみたり、もともと異質に見えるもの同士を不意に結びつけてみたりする呼吸が、おそらく書いているとき以上に偶然をうけとめており、といって話がさほど拡散するわけでも込みいるわけでもなく、全体としては案外まっとうな、しかも案外わかりやすい展開を生んでいるように感じられてきたのである。

そうすると、これもまた結局ひとつの独立した作品のようなもので、あまり辻褄あわせに気をくばったり、語調を文章体に近づけたりする必要もないのではないか、と思われてきた。もしもこれをもとに、あらためて一冊の本を書くようにいわれたとしても、内容は別のものにならざるをえないだろう。むしろいっそう自動的であり、ふだん自分で考えているのと似た「客観的偶然」*（？）の流れに多少ともしたがっている言葉のつらなりを、このまま定着させてしまったほうがいいのではないかという気がしてきたわけである。

もともと時間に制限のある語りだったから、各回とも後半は急ぎ足で、いわゆる結論をちゃんと出すことはしていない。とくにシュルレアリスムという運動自体については、ほとんど一九二〇年代までの話しかできずにおわっている。たとえばこれがクノッソスの迷宮のなかへまず入ってみるような試みだったとして、アリアドネふうの赤い糸をいろいろとりそろえ、自分でも道草をくいながら奥へ進み、ミノタウロスの姿をちらりと紹介してみせるところまでは行っているような

＊「客観的偶然」はシュルレアリスムの重要な概念のひとつで、簡単にいえば、主観的には偶然でも、客観的には何かの必然を背後に秘めているような事物や出来事のつらなりのこと。ブルトンの『ナジャ』や『通底器』などに実例が語られているが、広い意味では、意想外の現実同士が結びつく「自動記述」や「コラージュ」のイメージにもこれがあらわれる。

気もするのだが、その全貌をこまかな情報の集合として示すにはいたっていない、という不充足感がのこる。それにしても、そんな宙ぶらりんの気分こそがむしろシュルレアリスムという「〈未完〉の思想*」には合っており、未知をあえて既知に引きもどして落ちつくのではなく、未知のままにゆっくりと呼吸してゆこうとする構えに結びついているだろう、といちおう了解しておくことにした。

書名を『シュルレアリスムとは何か』としたのは今裕子さんの希望だが、それも、三回の講演のうち最初のものの標題をそのまま用いたというだけのことではない。他の二回もまた、それぞれ「メルヘン」と「ユートピア」をテーマにしていながらも、同時により広い視野からのシュルレアリスム論になろうとつとめていることは、成功といえるかどうかはともかく、読んでいただければおわかりだろう。それぞれの結びつき具合は多少タガがゆるく、いいかげんなところもありそうに見えるが、それはそれでいいのではないか、と思える程度のものだった。

＊　この概念は、私の最初期の著書のひとつ『シュルレアリスムと芸術』（河出書房新社刊、一九七六年）の序文で提示しているもの。それについてより具体的に展開している旧「海」誌長期連載の「評伝アンドレ・ブルトン」の単行本化は、ようやく（！）、ここ二、三年のうちにはたされるはずである。

ともあれ、私はもうこの先こういう種類の本を出す機会はないだろう、という気がしている。これまでにも何冊かシュルレアリスム論を出しているし、近く書きおろしのかたちでまとめをやる企画もあるので、これはいわば、過渡的な書物である。だがもちろん過渡的であるからといって気を入れていないわけではない。むしろ、過渡的な宙吊りのものにこそ誘う力があるということもいえるかもしれない。

——と、ざっとそんなふうにして思い切るところまで私を行きつかせてくれた今裕子さんに、厚く御礼を申しあげなければならない。そして、このように自動的な、どうやらそれ自体「超現実的」なものとさえ思われてしまったらしい(「超現実的講義」という副題も、もちろん今さんのつけたものだ)語りの記録に根気よくつきあってくださったメタローグのみなさん、アルバイトのみなさんにも感謝をささげたい。

一九九六年四月二十六日

巖谷國士

解説にかえて

自分の本に自分で解説をつけてしまうというのは、めったにないことでしょう。文庫本に巻末解説がおさめられる場合、普通はだれかほかの作家・批評家にたのむことになっているらしいので、今回もはじめはあるかたのお名前を思いうかべていたのですが、その後どうも、単なる講演の記録に専門家の手をわずらわすのは申しわけないという気がしてきて、結局、自分で書く、いやしゃべることを引きうけてしまいました。ということはつまり、これはいわゆる解説ではなく、本篇につけくわわった補足（蛇足？）、あるいは番外篇といった感じの口述の記録です。

この本がメタローグ社から出たのは一九九六年六月ですけ

れども、三回の講演そのものがおこなわれたのは一九九三年六月、一九九四年一月、一九九四年十二月のことですから、以来、ほぼ六年から八年が経過していることになります。長いような短いような、種々さまざまな出来事のおこった年月で、いま校正刷を読みかえしてみると、どことなく懐かしい気がしないでもありません。三回の講演はぶっつけ本番ではじめられ、東京の渋谷の雑踏のなかのビルの一室で、まったく面識のない数十人の若い観客を相手に、脱線に脱線をかさねながらくりひろげられていったせいか、かえってあの時期の、二十世紀末に近いこの国の文化状況を反映しているようなところがあります。

まずIの「シュルレアリムとは何か」では、概してシュルレアリスムの語義と、シュルレアリスム運動の出発点になった体験とが強調されています。とくに「自動記述‐オートマティスム」と「コラージュ‐デペイズマン」という代表的な二つの概念の発生と展開にかなりのページが割かれていて、あとは時間が足りなくなったため、大いそぎでその後の理論的・政治的・国際的動向をかいつまむだけにとどまっています。現在の視点からすると、二、三年後にアンドレ・ブルトンの晩年の二大著作『シュルレアリスムと絵画』増補決定版と『魔術的芸術』との全訳[*1]が完成・刊行されたことでもあるし、一九三〇年代からのシュルレアリスムのさまざまな問題――たとえば「客観的偶然」とか「黒いユーモア」とか「アナロジー」とか、『ドキュマン』誌以後のジョルジュ・バタイユとの関係とか、第二次大戦中の南・北アメリカやカリブ海の島々での活動とか、文化人類学との相互交流[*2]とか、大戦後の「新しい神話」や「日々の魔術」の発想とか――についてもうすこし語る必要があったかもしれません。けれども、この講演でシュルレアリスムという語彙や、「自動記述」「コラージュ」などに焦点をしぼってしゃべりつづけていたというのは、やはり――といってもその後さほど変化したわけではありませんけれども――当時のこの国の世相、というか文化の状況にかかわっていたことでしょう。

　つまり、一九八〇年代のいわゆる「バブル」とその直後の

＊1　どちらも一九九七年に、前者は人文書院から、後者は河出書房新社から出た。

＊2　最近、画期的な共同研究の書があらわれた。鈴木雅雄・真島一郎編『文化解体の想像力――シュルレアリスムと人類学的思考の近代』（人文書院刊）。第二次大戦以後のシュルレアリスムについては、日本ではこれによってはじめて、本格的に視野がひらかれたといえるだろう。

ころは、シュルレアリスムあるいはシュルレアリスム研究にとって、ちょっとやりにくい時期でした。情報のバブルとでもいいたい現象が並行しておこりつつあって、シュルレアリスムもまたその構成要素をカタログ式に平坦にならべなおされ、しかも歴史を捨象して、「シュール」「シュールっぽい」などのレッテルで片づけられるようになっていました。一部の読者・観客や専門家は別として、多くの人々、さまざまなメディアの好んでいたこの「シュール」という言葉の情緒的で場あたり的な用法を、まず遠ざけておいてから歴史的展望に入ろうとしてはじめたのが、つまりIの「シュルレアリスムとは何か」です。このタイトルは一応、文字どおりに、シュルレアリスムの語義と基本概念を説明する入門篇であることを意図していたわけです。

このことはもちろん、演者自身の個人的事情を反映してもいます。たとえばその前年の一九九二年に、ブルトンの『シュルレアリスム宣言・溶ける魚』の詳しい訳注つきの新訳を岩波文庫でやっていた、というのがかなり大きい。演者は一九六〇年代の後半からシュルレアリスム関係の仕事[*3]を集中的につづけていて、批評やエッセーや翻訳や集団研究・シリーズ物の編集など、いわゆるアカデミックなやりかたではなく、ときにはゲリラ的に活動してきたように思われますけれども、一九八〇年代にはちょっと鳴りをひそめている感じがありました。少なくとも著作としては『シュルレアリストたち――眼と不可思議』、翻訳・編集書としては『ダリ全集』『マッタ形態学的神話I』[*4]などが思いうかぶ程度です。その後またシュルレアリスム関係の仕事がふえてきたので、『シュルレアリスム宣言・溶ける魚』を機に、いわば初心にもどり、シュルレアリスムの初期のことをやりなおそうとしていたということですね。そういう事情もあって、このIの部では、『シュルレアリスム宣言』からの引用や、『溶ける魚』への言及が多くなっているのではないかと思います。

　他方、一九九一年からみすず書房の『瀧口修造コレクション』全十二冊、一九九三年から河出書房新社の『澁澤龍彥全集』全二十四冊が刊行されはじめていた、という背景にもふ

＊3　本書で触れられていない初期の主な著訳書には、つぎのようなものがあった。パトリック・ワルドベルグ『シュルレアリスム』（一九六八年、美術出版社刊、現在は河出文庫）、アンドレ・ブルトン『ナジャ』『失われた足跡』（一九七〇年、一九七二年、どちらも『アンドレ・ブルトン集成』所収、人文書院刊）、シャルル・フーリエ『四運動の理論』全二巻（一九七〇年、現代思潮社刊）、ジョイス・マンスール『充ち足りた死者たち』（一九七二年、薔薇十字社刊、現在はマルドロール刊）、ルネ・パスロン『ルネ・マグリット』（一九七三年、河出書房新社刊）、マックス・エルンスト『絵画の彼岸』（一九七四年、同）、ブルトン『シュルレアリスム宣言・溶ける魚』（同、学芸書林刊）、フェルディナン・アルキエ『シュルレアリスムの哲学』（一九七五年、河出書房新社刊）、『幻視者たち――宇宙論的考察』（一九七六年、同）、『シュルレアリスムと芸術』（同、同）、『ナジャ論』（一九七七年、白水社刊）、

れておく必要があります。演者は前のほうでは一応、監修者のひとりということになっていますし、あとのほうでは編集委員をつとめていて、両方とも、日本でのシュルレアリスムの受容に欠かせなかった先人の仕事の集成ですけれども、とくに『澁澤龍彥全集』のほうの企画・編集と、ほとんどの巻の校訂や解題執筆に加わっていたということは、この講演に多少とも影響をおよぼしています。一九九〇年に河出書房新社から出した『澁澤龍彥考』とか、筑摩書房から出した『シュルレアリスムの箱』（澁澤龍彥文学館11）とかのような書物も、演者が澁澤龍彥について語る場合に、シュルレアリスムとの関連を意識していたことを裏づけているでしょう。Iの部に瀧口修造ばかりでなく、バブル時代の文化状況にその名をかさねられがちだった澁澤龍彥が登場してくるのは、ざっとそのような前提があってのことです。

それでつぎに、半年後、別の観客を相手にする第二回目の講演で、シュルレアリスム運動のその後を語ることはせず、やや唐突ながら「メルヘン」という演題に移ってみたという

『シュルレアリスムと小説』（同、同）。なお一九七二年から一九七七年まで、「海」誌に長篇「評伝アンドレ・ブルトン」を不定期連載していたし、別冊「ユリイカ」誌、「美術手帖」誌などのシュルレアリスム特集の編集に関与してもいた、等々。

＊4　『シュルレアリストたち――眼と不可思議』は一九八六年、青土社刊、ダリのものは一九八七年、講談社刊、マッタのものは一九八八年、フジテレビギャラリー刊。

のは、おそらく、「シュール」横行の裏にひそむ現代日本の「幻想」の様相に文句をつけたかったからでしょう。シュルレアリスムと「シュールっぽい」の場合と同様、メルヘンも「メルヘンチック」から引きはなさないといけない。そればかりか、『シュルレアリスム宣言・溶ける魚』だけを見てもわかるように、シュルレアリスムがもともとメルヘンの領域と底を通じていたことは、いままであまり問題にされていなかったけれども、演者にとっては当時、とても大事なことがらのように思われていたわけです。

それでIIの「メルヘンとは何か」は、Iの応用・遡行篇のようなものとしてはじまりました。もちろん、メルヘンへの関心は強くて、一度しゃべってみたいと思ってもいたので、かなり大ぶろしきをひろげてその起源や特質を語りつづけることになりましたが、その結果かならずしも、シュルレアリスムから遠ざかろうとしていたわけではありません。実際、しゃべりながらたえずシュルレアリスムの作品を思いうかべていたということもあって、本にまとめるときには、説明的ではない挿図をいろいろ、シュルレアリスムの画家たちのものからえらんで忍びこませたりしています。そもそも「森」や「ワンダーランド」の視点が、シュルレアリスムにとって不可欠のものであったことはいうまでもありません。

これも当時やっていた仕事と関係していたことで、講演の前に資料として示しておいた講談社文庫版の『完訳ペロー昔話集　眠れる森の美女』[*5]は、二年前の一九九二年に出たものです。メルヘンは演者にとってシュルレアリスムよりも古く、幼年期から親しんでいた領域なので、それまでにもいろいろと翻訳や批評をこころみ、当時も『妖精たちの森』という題名のエッセー集をつくる話があったほどですけれども、その後この領域での活動はやや手薄になり、まだはたせないでいることが心のこりではあります。

それで最後のⅢ「ユートピアとは何か」になりますと、方向がすこし変っているように見えなくもありません。シュルレアリスムやメルヘンの場合とちがい、ここではユートピアそのものを批判しているからです。日本の現代社会がちょっ

＊5　現在は絶版、のちにその子どもむき（?）の部分が単に『眠れる森の美女』と題されておなじ講談社、青い鳥文庫に入った。「完訳」のほうはちくま文庫より近刊予定。

とユートピアに似てきている、という視点はたぶん意外に感じられるでしょうが、じつは、古今のユートピア文学に共通する特徴を考えてみれば納得のゆくことです。空間の無時間的安定を理想とするユートピアなるものの反対概念のひとつは、おそらく、いまもこの国では避けて通られることの多い「歴史」でしょう。他方、一見ユートピアに似ていそうなシュルレアリスムの思想を、じつは「歴史」の側にあるものとしてとらえようとしたIIIの部の内容には、この本で詳しく語られることのなかった一九三〇年代以降の運動の方向を、多少とも補うところがあるかもしれません。当然のように社会と政治の問題が出てくるのも、なんとなく、「シュルレアリスムとは何か」の応用・延長篇をめざしていたからだろうと思われます。

一九九〇年代には、「歴史の終焉」とやらを宣する向きがあったり、自明の理めかして「グローバル化」が叫ばれたりしたものですが、じつのところ、これらの題目ほどユートピア的な発想にもとづくものもめずらしい。画一化につながるグローバリゼーションは悪《あ》しきユートピア思想です。もっとも、二十一世紀がむしろ「歴史」の跳梁する時代になるだろうことは、一瞬にして「歴史」を露呈させ、崩壊と多様化のヴィジョンをかいまみせた二〇〇一年九月十一日のあの事件がたとえおこらなかったとしても、もうずいぶん前から見とおされていたことのように思えます。

IIIでくりかえされる反ユートピアの立場が、IやIIの場合とおなじく、演者の当時の仕事とつながっていたことをつけくわえておきます。資料として提示されている自著の『反ユートピアの旅』では語りきれていなかったユートピア社会プランの細部を、トーマス・モアなどの作品に即して補おうとしているだけでなく、「旅」と対立させようとしている点でもそうです。演者は一九九〇年の『ヨーロッパの不思議な町』や一九九二年の『アジアの不思議な町』[*6]以来、「旅」にかかわる文学の新しい形を模索しはじめていたということが一方にあって、第三回目の、おなじ場所での講演としては最後のものとなるこの部では、やや言葉不足ながら、将来の展

*6 どちらも筑摩書房刊。ちくま文庫版もある。他の「旅」関係の本については、本書二八ページ、二五四ページ、二五七ページなどの脚注を参照。

望がほのめかされることになったわけです。

結局、総タイトルとして「シュルレアリスムとは何か」がえらばれているにもかかわらず、以上三回の講演記録の全体は、かならずしもじゅうぶんに啓蒙的なシュルレアリスムの紹介だとはいえません。ですがそのつど、渋谷の雑踏を背景にしたビルの一室で、時代の空気を感じながらしゃべりつづけていたものですし、自分の他の著述によって補える部分も多いと思ったので、こういう内容のまま出してしまいました。いちど本になった以上はしかたがありません。講演の記録を全面的に書きなおすなどということはできませんから、多少わかりやすくするために今回二、三の用語を置きかえたり、改行箇所をふやしたり、また脚注を増補したりしただけで、論旨そのものを動かすことはしませんでした。ここでしゃべっていることが今後に生きのびられるかどうかは、もちろん、読者のみなさんが判断してくださることでしょう。

かつてこの本をつくってくださったメタローグ編集部とア

ルバイトのかたがたにあらためて御礼申しあげます。そして今回の企画と編集にあたられた筑摩書房の大山悦子さん、装幀を担当してくださった中島かほるさんには、ふかく感謝をささげたいと思います。

二〇〇二年一月三日　　　　巖谷國士

本書は一九九六年六月二十五日、メタローグより刊行された。

大名庭園　白幡洋三郎

小石川後楽園、浜離宮等の名園では、多種多様な社交が繰り広げられていた。競って造られた庭園の姿に迫りヨーロッパの宮殿とも比較。（尼﨑博正）

東京の地霊《ゲニウス・ロキ》　鈴木博之

日本橋室町、紀尾井町、上野の森……。その土地に堆積した数奇な歴史・固有の記憶を軸に、都内13カ所の土地を考察する「東京物語」。（藤森照信／石山修武）

空間の経験　イーフー・トゥアン　山本浩訳

人間にとって空間と場所とは何か？　それはどんな経験なのか？　基本的なモチーフを提示する空間論の必読図書。（A・ベルク／小松和彦）

個人空間の誕生　イーフー・トゥアン　阿部一訳

広間での雑居から個室住まいへ。回し食いから個人用食器の成立へ。多様なかたちで起こった「空間の分節化」を通覧し、近代人の意識の発生をみる。

自然の家　フランク・ロイド・ライト　富岡義人訳

いかにして人間の住まいと自然は調和をとりうるか。建築家F・L・ライトの思想と美学が凝縮された名著を新訳。最新知見をもりこんだ解説付。

マルセイユのユニテ・ダビタシオン　ル・コルビュジエ　山名善之／戸田穣訳

近代建築の巨匠による集合住宅ユニテ・ダビタシオン。そこには住宅から都市まで、ル・コルビュジエの思想が集約されていた。充実の解説付。

都市への権利　アンリ・ルフェーヴル　森本和夫訳

都市現実は我々利用者のためにある！——産業化社会に抗するシチュアシオニスム運動の中、人間の主体性に基づく都市を提唱する。（南後由和）

場所の現象学　エドワード・レルフ　高野岳彦／阿部隆／石山美也子訳

〈没場所性〉が支配する現代において〈場所のセンス再生の可能性〉はあるのか。空間創出行為を実践的に理解しようとする社会的場所論の決定版。

装飾と犯罪　アドルフ・ロース　伊藤哲夫訳

近代建築の先駆的な提唱者ロース。有名な「装飾は犯罪である」をはじめとする痛烈な文章の数々に、モダニズムの強い息吹を感じさせる代表的論考集。

シュルレアリスムとは何か　巖谷國士

20世紀初頭に現れたシュルレアリスム――美術・文学を縦横にへめぐりつつ「自動筆記」「メルヘン」「ユートピア」をテーマに自在に語る入門書。

マタイ受難曲　礒山雅

罪・死・救済を巡る人間ドラマを圧倒的なスケールで描いたバッハの傑作。テキストと音楽の両面から、秘められたメッセージを読み解く記念碑的名著。

バロック音楽　礒山雅

バロック音楽作品の多様性と作曲家達の試行錯誤。バッハ研究の第一人者が、当時の文化思想的背景も踏まえ、その豊かな意味に光を当てる。（寺西肇）

仏像入門　石上善應

仏像は観賞の対象ではない。仏教の真理を知らしめてくれる善知識なのである。浄土宗学僧のトップが出遇い、修行の助けとした四十四体の仏像を紹介。

岡本太郎の宇宙（全6巻）　岡本太郎　山下裕二／椹木野衣／平野暁臣編

20世紀を疾走した芸術家、岡本太郎。彼の言葉と作品は未来への強い輝きを放つ。遺された著作を厳選編集し、その存在の全貌に迫った、決定版著作集。

対極と爆発　岡本太郎の宇宙1　岡本太郎　山下裕二／椹木野衣／平野暁臣編

彼の生涯を貫いた思想とは。「対極」と「爆発」をキーワードに、若き日の詩文から大阪万博参加への決意まで、そのエッセンスを集成する。（椹木野衣）

太郎誕生　岡本太郎の宇宙2　岡本太郎　山下裕二／椹木野衣／平野暁臣編

かの子・一平という両親、幼年時代、鬱屈と挫折、パリでの青春、戦争体験……。稀有な芸術家の思想を形作ったものの根源に迫る。（安藤礼二）

伝統との対決　岡本太郎の宇宙3　岡本太郎　山下裕二／椹木野衣／平野暁臣編

突き当たった「伝統」の桎梏。そして縄文の美の発見。彼が対決した「日本の伝統」とははたして何だったのか。格闘と創造の軌跡を追う。（山下裕二）

日本の最深部へ　岡本太郎の宇宙4　岡本太郎　山下裕二／椹木野衣／平野暁臣編

東北、熊野、沖縄……各地で見、聴き、考えるなかで岡本太郎は日本の全く別の姿を摑みだす。文化の基層と本質に迫る日本文化論を集成。（赤坂憲雄）

ちくま学芸文庫

シュルレアリスムとは何《なに》か

二〇〇二年三月　六　日　第　一　刷発行
二〇二五年一月二十五日　第二十一刷発行

著　者　巖谷國士（いわや・くにお）
発行者　増田健史
発行所　株式会社　筑摩書房
東京都台東区蔵前二―五―三　〒一一一―八七五五
電話番号　〇三―五六八七―二六〇一（代表）
装幀者　安野光雅
印刷所　株式会社精興社
製本所　株式会社積信堂

ISBN978-4-480-08678-5 C0170